이 책에서 벨마 월리스는 독자에게 오래도록 가치 있는 경험을 제공한다. 여기 우리를 압도하는 신화 같은 이야기가 있다. 같은 부족으로부터 버려진 두 늙은 여인, 그중 한 여인이 말한다. 어차피 죽을 텐데 죽을힘을 다해 한번 삶과 붙어보자고. 그리하여 이제 세계가 이 확신에 찬 목소리에 귀를 기울인다. 우리가 있는 곳이 어디든—도시 한복판이든, 조용한 시골이든, 무성한 수풀 속이든—간에 고립된 이 두 여인의 이야기가 필요하지 않은 곳이 없다. 진정한 인간다움이 무엇인지를 말해주는 강렬함 힘을 지닌 이 이야기가.

웨스턴스테이츠 북 어워드
심사단

두 늙은 여자

Two Old Women

두 늙은 여자

알래스카 원주민이 들려주는
생존에 대한 이야기

벨마 월리스 쓰고,
짐 그랜트 그리고,
김남주 우리말로 옮기다

이봄

TWO OLD WOMEN

by Velma Wallis

Illustrations by Jim Grant

지혜와 지식과 개성으로
내게 큰 감명을 준、
내가 알아온 모든 연장자들께
이 책을 바친다。

차례

날마다 나무 자르는 일을 끝내고 나면 우리는 작은 텐트 안에 둘러앉아 이야기를 했다. 텐트는 포큐파인 강이 유콘 강으로 합쳐지는 강어귀 둑 위에 세워져 있었다. 우리가 나누는 이야기는 그때그때 달랐지만, 마지막을 장식하는 것은 언제나 어머니가 내게 해주시는 이야기였다(그때 나는 이미 장성한 어른이었지만 어머니는 여전히 내가 잠들기 전에 이야기를 들려주셨다!). 어느 날 밤 나는 새로운 이야기를 들었다—두 늙은 여인과 그들의 고난 극복기였다.

이 이야기가 떠오른 것은 그날 낮 우리가 겨울에 대비해 함께 나무를 모아들이면서 나눈 대화 때문이었다. 그 일을 마친 우리는 침낭 위에 앉아서는, 오십대의 나이에도 그런 힘든 일을 거뜬히 해내는 우리 어머니에게 감탄의 눈길을 보냈다. 사실 당시 우리 어머니 세대의 많은 사람들이 자신들이 이미 노년기에 들어섰다고 여기고 힘든 일을 하려 들지 않았던 것이다. 나는 어머니에게 나 역시 그렇게 강인하게 늙고 싶다고 말했다.

우리는 옛날에는 사정이 어땠는지 기억을 되살리기 시작했다. 우리 할머니 세대에서는 거의 모든 노인들이 몸을 더이상 움직일 수 없거나 죽음을 맞을 때까지 손에서 일을 놓지 않았다. 우리 어머니는 자신이 나이의 제약을 극복하고 스스로를 위한 겨울 땔감을 여전히 마련할 수 있다는 사실에 자부심을 갖고 있었다. 사실 그 일은 힘든 육체노동이었고 때때로 심하게 고통스럽기도 했다. 그러면서 우리는 이와 연관된 이런저런 회상과 생각을 하게 되었고 그 와중에 어머니가 이 특별한 이야기를 기억해냈다. 그만큼 이 이야기는 당시 우리의 생각과 느낌에 부합하는 것이었다.

나중에 우리의 겨울용 오두막 안에서 나는 이 이야기를 써내려가기 시작했다. 나는 이 이야기에 큰 감명을 받았는데, 그것은 이 이야기가 내 삶에 응용할 수 있는 교훈을 갖고 있음은 물론, 다름아닌 나의 부족, 우리의 과거에 대한 것—내가 뼛속 깊이 이해할 수 있는, 내 것이라고 부를 수 있는 어떤 것—이었기 때문이다. 사실 모든 이야기는 연장자들이 자신보다 어린 사람들에게 주는 선물이라고 할 수 있다. 하지만 불행히도 요즘은 사람들이 이런 종류의 선물을 하지도, 받지도 않는다. 많은 젊은이들이 텔레비전에 정신이 팔려 있고 빠르게 돌아가는 현대 생활에 종속되어 있기 때문이다. 하지만 지금 세대 중에서 연장자의 말에 귀기울일 줄 아는 몇몇 젊은이들은 이런 이야기들을 잘 듣고 기억할 것이다. 그리고 미래 세대는 그들의 과거와 그들의 종족, 그리고 바라건대 그들 자신을 좀더 잘 이해하기 위해 이런 이야기들을 그리워하게 될 것이다.

특정 문화에 관한 이야기를 그 문화권 밖에 있는 사람이 전달하게 되면 때때로 잘못된 해석이 나올 수 있는데, 그런 오해가 빚어진다면 정말이지 비극이다. 어떤 이야기가 일단 책으로 간행되고 나면, 설사 그것이 진실과는 거리가 멀다 하더라도 하나의 역사로, 하나의 사실로 여겨지기 쉽기 때문이다.

두 늙은 여인에 관한 이 이야기는 극지방에 서구 문화가 도래하기 오래전에 있었던 일로, 세대에서 세대로, 입에서 입으로 전승되어 우리 어머니에게로, 그리고 내게로 왔다. 나는 지금 나 자신의 창조력과 상상력을 조금 발휘해 이 글을 쓰고 있지만, 사실 이 이야기는 내가 만들어낸 것이 아니라 들은 이야기로, 그 요점은 어머니가 내게 들려주시려 했던 바로 그것과 똑같다.

이 이야기는 나에게 삶에서 자신이 해야 할 바를 성취하는 인간의 능력에는 한계가 없다는 사실—나이의 한계는 물론이고—을 가르쳐주었다. 이 넓고 복잡한 세상에서 우리 한 사람 한 사람의 내부에는 놀랍고도 위대한 잠재력이 자리잡고 있다. 하지만 안타깝게도 결정적인 기회가 오지 않는 한 그 숨겨진 재능이 발휘되는 일은 거의 없다.

1장

허기와 추위,
그들을 강타하다

살을 에는 찬 공기가 적막하고 광활한 땅 위로 펼쳐졌다. 키 큰 가문비나무 가지들이 무겁게 눈을 인 채 아직 먼 봄바람을 기다리고 있었다. 얼음 맺힌 버드나무 가지들이 영하의 대기에서 부딪칠 때마다 쟁그랑 소리가 들리는 듯했다.

이런 음울한 풍경 저멀리에서 동물의 털과 가죽을 몸에 두른 한 무리의 사람들이 작은 모닥불을 둘러싸고 몸을 움츠린 채 앉아 있었다. 비바람에 지친 그들의 얼굴에는 눈앞에 직면한 기근으로 인한 절망이 떠올라 있었다. 앞으로도 상황은 더 나아질 것 같지 않았다.

이들은 알래스카 극지방 유목민들로, 언제나 먹을 것을 찾아 여기저기를 떠돌아다녔다. 그들은 이동하는 순록과 다른 짐승들을 사냥하기 위해 그들을 따라다녔다. 하지만 그해 겨울에는 맹추위가 닥치자 예년과는 다른 문제가 생겼다. 그들의 주식이 되어주던 큰사슴 무리가 혹한을 피해 어딘가로 자취를 감추었던 것이다. 토끼나 다람쥐 같은 좀더 쉽게 잡을 수 있는 몸집이 작은 동물들만으로는 이 정도 규모의 부족을 먹여 살릴 수가 없었다. 그리고 추위가 기승을 부리는 동안에는 그런 몸집이 작은 동물들조차 모습을 감춰버리거나 다른 포식자들, 곧 인간이나 다른 짐승들에게 먹혀 그 수가 현저히 줄어들었다. 그래서 유난히 으스스한 추위가 혹독한 겨울을 예고하는 그 늦가을, 그 땅에는 위협적인 한기만 휘몰아칠 뿐 생명의 흔적을 찾기 어려웠다.

그런 추위 동안에는 사냥을 하기 위해 다른 때보다 더 많은 에너지가 필요했다. 그래서 무리 중에서 사냥하는 이들은 다른 이들보다 먼저 음식을 먹었다. 그들의 기술에 부족의 운명이 달려 있었던 것이다. 먹여야 할 인원이 많았으므로, 그들이 갖고 있는 식량은 이내 빠른 속도로 줄어들었다. 그들이 아무리 애를 써도 많은 여자들과 아이들이 영양실조로 고통받고 있었고, 그중 몇 명은 기아로 인해 죽어갔다.

이 부족 안에 사람들이 오랜 세월 돌봐온 늙은 여자 둘이 있었다. 그중 나이 많은 여자의 이름은 '칙디야크Ch'idigyaak'였다. 그녀가 태어났을 때 그녀의 부모들이 그녀를 보고 치크

디, 곧 '박새'를 떠올렸기 때문이었다. 또다른 늙은 여인의 이름은 '사Sa', '별'이라는 뜻이었다. 그녀가 태어날 때 그녀의 어머니가 먼 밤하늘에서 반짝이는 별들을 보며 산고를 이겨냈다고 해서 붙여진 이름이었다.

무리가 새로운 야영지에 도착할 때마다 족장은 부족의 청년들에게 이 두 늙은 여자를 위해 텐트를 세워주고 땔감과 물을 가져다주게 했다. 야영지를 옮길 때마다 부족의 젊은 여자들은 순서를 정해 이 두 늙은 여자의 짐을 끌어주었고, 그러면 이 두 여자는 도와준 이들을 위해 동물의 가죽을 무두질해주었다. 이런 일들은 합의하에 별다른 문제없이 진행되었다.

그런데 이 두 늙은 여자에게는 당시 사람들과는 좀 다른 특이하게 여겨지는 성격적 결함이 있었다. 그들은 끊임없이 여기가 아프다, 저기가 쑤신다고 불평을 해댔고, 자신들이 늙고 약하다는 것을 과시하기 위해 언제나 지팡이를 짚고 다녔다. 그 거친 땅의 주민들은 어릴 때부터 나약함이란 용인될 수 없다고 배워왔음에도 불구하고, 이 두 늙은 여자의 이런 태도에는 놀랍게도 별다른 반감을 보이지 않았다. 그랬다, 아무도 이 두 늙은 여자를 질책하지 않았다. 이 두 여자는 자신들보다 강한 이들의 호의에 힘입어 무리와 함께 이동할 수 있었다. 운명의 날이 닥치기 전까지는.

그날, 꺼져가는 모닥불 주위에 둘러앉아 족장의 이야기를 듣고 있는 사람들 사이에는 추위보다 더 으스스한 무엇인가가 떠돌고 있었다. 족장은 다른 남자들보다 머리 하나는 더 큰 사내로, 사람들 사이에 서 있었다. 외투 깃의 주름 속에 고개를 묻고 그는 추위에 대해, 곧 닥칠 혹독한 날들에 대해, 그들이 이 겨울 동안 살아남기 위해 각자 어떻게 해야 하는지에 대해 이야기했다.

이윽고 그가 크고 분명한 목소리로 갑자기 외쳤다. "부족 회의와 나는 하나의 결론에 도달했소." 족장은 다음 말을 이어갈 힘을 얻으려는 듯 잠시 말을 멈추었다. "우리는 나이든 사람들을 두고 가지 않을 수 없소."

그의 두 눈이 재빨리 좌중을 훑으며 반응을 살폈다. 하지만 추위와 배고픔에 이미 지친 사람들은 충격을 받은 표시조차 낼 수 없는 듯했다. 많은 이들이 이런 일이 일어나리라고 예상했고, 몇몇은 그게 최선이라고 믿었다. 당시 기근이 닥쳤을 때 나이든 사람들을 두고 이동하는 일이 드물지만 있었다. 그 부족에게는 처음 있는 일이었지만. 거친 원시의 땅이 그런 일을 요구하는 듯했다. 그러니까 사람들도 생존을 위해 이따금 짐승의 방식을 따르지 않을 수 없는 것이다. 젊고 힘센 늑대들이 늙어서 힘이 없어진 옛 우두머리를 달가워하지 않는 것처럼, 그 부족민들도 불필요한 짐 없이 보다 빨리 이동할 수 있도록 늙은 사람들을 두고 가기로 한 것이다.

두 늙은 여자 중 더 나이가 많은 칙디야크는 그 무리 안에 딸과 손자가 있었다. 족장은 사람들 속에서 눈으로 그들을 찾았다. 그들 역시 별다른 반응을 보이지 않았다. 이 심난한 발표가 별다른 문제없이 받아들여지는 것에 한시름 놓은 족장은 모두에게 즉각 짐을 싸라고 지시했다. 그렇게 말하면서 이 용감한 무리의 지도자 역시 두 늙은 여인 쪽을 차마 바라보지 못했다. 그 정도로 마음이 모질지는 못했던 것이다.

족장은 그 늙은 여자들을 아끼던 이들이 왜 자신의 말에 반대하지 않았는지 알고 있었다. 이런 힘든 시기에는 많은 남자들이 스트레스를 받고 쉽사리 격해질 수 있었다. 그래서 뭔가 거슬리는 말이나 행동 하나만으로도 언성이 높아지고 사태가 나빠질 수 있었다. 그래서 약하고 힘없는 부족민들은 자신들이 느끼는 경악과 실망을 억제했다. 왜냐하면 그들은 추위가 공포를 가져오고 이어 살아남기 위해 같은 부족들 간에도 잔인하고 거친 싸움이 벌어지리라는 것을 알고 있었던 것이다.

이 늙은 여자들은 오랜 세월 동안 부족과 운명을 같이해왔다. 족장은 그들에게 애정을 갖고 있었다. 이제 그는 가능한 한 빨리 그들로부터 멀어지고 싶었다. 그래서 이 두 늙은 여자가 그를 물끄러미 바라보는 상황을 피하고 싶었다. 그 눈길에 그는 평생 그 어느 때보다도 참담한 기분이 들 것만 같았다.

두 늙은 여자는 애써 충격을 감추며 보닥불 앞에서 꼿꼿한 자세로 턱을 치켜들고 앉아 있었지만, 그들의 모습은 늙고 작아 보였다. 그들은 젊은 시절 아주 늙은 사람들이 뒤에 남겨지는 모습을 본 적이 있었지만, 자신들에게 이런 운명이 닥칠 거라고는 한 번도 생각해본 적이 없었다. 그들은 자신들에게 죽음을 선고한 족장의 말을 듣지 못한 것처럼 멍한 시선으로 눈앞을 응시했다. 강한 자만이 살아남을 수 있는 그 땅에서 단둘이 남겨져 스스로 삶을 꾸려가야 한다는 것은 그들에게 곧 죽음을 의미했다. 두 늙은 여자가 그런 법칙에 맞서 버텨낼 가능성은 희박했다. 그 소식을 듣고도 그들은 한마디 말이나 행동도, 자신들을 방어할 그 어떤 방법도 찾을 수 없었다.

두 여자 중 칙디야크만이 무리 안에 가족이 있었다. 딸 오즈히 넬리와 손자 슈러 주였다. 그녀는 자신의 딸이 족장의 말에 항의하기를 기다렸지만 그런 일은 일어나지 않았다. 족장의 말을 들었을 때보다 더 깊은 충격이 그녀의 몸을 관통했다. 친딸조차 자신을 위해 나서지 않는다니. 칙디야크 옆에서 사 역시 무엇인가에 얻어맞은 듯 정신을 차릴 수 없었다. 그녀의 머릿속이 소용돌이쳤다. 무어라 외치고 싶었으나 아무 말도 나오지 않았다. 그녀는 자신이 끔찍한 악몽을 꾸고 있는 것처럼, 악몽 속에서 움직일 수도 말을 할 수도 없는 것처럼 느껴졌다.

무리가 천천히 멀어지기 시작했을 때, 칙디야크의 딸이 가죽끈 더미를 둘러맨 채 어머니에게 다가왔다. 큰사슴의 가죽을 두껍게 벗겨내 만든 그 가죽끈은 쓸모가 많았다. 칙디야크가 그녀를 보고도 알은체를 하지 않자, 딸은 수치와 슬픔이 어린 표정으로 고개를 떨구었다. 그래도 칙디야크는 표정을 바꾸지 않고 눈앞만을 응시했다.

오즈히 넬리는 깊은 혼란에 빠져 있었다. 자신이 어머니를 위해 항의한다면, 사람들이 자신과 아들마저도 두고 가기로 결정할까봐 그녀는 두려웠다. 굶주림에 지친 상태에서 그보다 더 끔찍한 일이 벌어질 수도 있었다. 그녀는 위험을 무릅쓸 수가 없었다.

그런 무시무시한 생각을 하면서 오즈히 넬리는 슬픔에 찬 눈길로 말없이 용서와 이해를 구하며, 가져온 가죽끈 더미를 굳은 태도의 어머니 앞에 조심스럽게 내려놓았다. 그런 다음 그녀는 천천히 발길을 돌려서는 무거운 마음으로 걸음을 옮겼다. 그녀는 알고 있었다. 바로 그 순간 자신이 어머니를 잃었다는 것을.

칙디야크의 손자 슈러 주는 이런 잔인한 결정에 깊이 동요했다. 그애는 조금 특별한 소년이었다. 다른 소년들이 사냥과 몸싸움으로 남자다움을 겨룰 동안 그는 자신의 어머니나 할머니 그리고 할머니의 친구를 돕는 것을 더 좋아했다. 그의 행동은 세대에서 세대로 이어 내려온 그 부족의 체제에 속하지 않는 듯했다. 부족 내에서 여자들은 물건을 잔뜩 실은 썰매를 끄는 것 같은 힘든 일을 도맡아 했다. 또한 그 밖에도 시간이 많이 걸리는 일들이 여자들의 손길을 기다리고 있었다. 반면 남자들은 사냥에만 집중했다. 그래야만 부족이 살아남을 수 있었던 것이다. 이런 불공평한 작업 분담에 아무도 불평하지 않았다. 왜냐하면 그것은 아주 오래전부터 해오던 방식이었으므로.

슈러 주는 여자들에게 존경심을 갖고 있었다. 그는 남자들이 여자들을 어떻게 대우하는지를 보고 그것이 부당하다고 여겼다. 그리고 거듭 설명을 들었음에도 그는 어째서 남자들이 여자들을 도와 일을 하지 않는지 이해할 수가 없었다. 하지만 그동안의 경험으로 그는 부족의 방식에 의문을 표해서는 안 된다는 것을 알고 있었다. 왜냐하면 그런 것은 불충으로 간주될 수 있었다. 어렸을 때 슈러 주는 그런 문제에 대해 거리낌없이 자기 생각을 이야기했다. 어려서 뭘 모른다는 것이 그에게 방패막이가 되어주었다. 자라면서 그는 그런 행동이 벌을 불러온다는 것을 알게 되었다. 자신의 어머니마저 며칠 동안 그에게 말을 걸지 않자 그는 그런 침묵의 처벌이 고통스럽다는 것을 깊이 느꼈다. 그래서 슈러 주는 어떤 문제들에 대해서는 입 밖에 내어 말하기보다는 속으로 생각하는 편이 덜 고통스럽다는 것을 체득하게 되었다.

딱하기 짝이 없는 늙은 여자들을 버리고 가는 것이 그 부족이 저지를 수 있는 가장 지독한 짓이라고 생각했음에도 슈러 주는 마음속에서 갈등하고 있었다. 슈러 주의 어머니는 그의 눈 속에서 분노가 소용돌이치는 것을 보고 그가 무어라 항의하리라는 것을 알았다. 그녀는 재빨리 그에게로 가서 그런 일은 생각도 하지 말라고 그의 귀에 대고 속삭였다. 왜냐하면 벼랑 끝에 몰린 부족 사내들이 어떤 잔인한 짓을 저지를지 몰랐던 것이다. 슈러 주는 남자들의 음울한 얼굴을 보고 어머니의 말이 사실이라는 것을 알 수 있었다. 그래서 그는 마음속에서 분노와 반항이 휘몰아치고 있음에도 입을 다물었다.

그 당시 부족의 소년들은 자기의 무기를 소중히 다루도록 교육받았다. 때로는 사랑하는 이들보다도 더. 왜냐하면 소년이 남자가 되었을 때 그의 무기가 바로 그의 생계수단이 될 터였기 때문이었다. 어떤 소년이 자신의 무기를 잘못된 방식으로 또는 엉뚱한 목적에 사용하다가 발각되면 엄한 벌이 주어졌다. 나이가 들면서 소년은 자신의 무기가 지닌 힘과, 그것이 자기 자신의 생존뿐 아니라 부족 전체의 생존에 얼마나 중요한지를 알게 되었다.

슈러 주는 이런 모든 지식과 자기 자신의 안전에 대한 생각을 바람에 날려버렸다. 그는, 날카롭게 간 동물의 뼈를 질긴 생가죽끈으로 단단히 묶어 만든 손도끼를 허리춤에서 꺼내서는, 사람들의 눈을 피해 잎이 무성한 가문비나무의 두꺼운 등걸 위에 걸쳐놓았다.

어머니가 짐을 꾸리고 있는 동안, 슈러 주는 할머니 쪽을 돌아보았다. 할머니의 눈길이 자신에게 머물지 않는 것처럼

보이긴 했어도 슈러 주는 아무도 보지 않는다는 것을 확인하고 자신의 빈 허리춤과 가문비나무를 가리켜 보였다. 그는 다시 한번 할머니에게 절망의 눈길을 보낸 다음 마지못해 몸을 돌려 다른 사람들 쪽으로 걸음을 옮겼다. 무력감 속에서 이 악몽 같은 날을 끝장낼 수 있는 뭔가 기적적인 일을 자신이 할 수 있기를 바라면서.

이윽고 굶주림에 지친 사람들의 커다란 대열이 천천히 멀어져갔다. 가문비나무 가지를 그러모아 만든 자리 위에 멍한 표정으로 앉아 있는 두 늙은 여자를 남겨두고. 작은 모닥불이 세월의 풍상에 거칠어진 그들의 얼굴에 연한 오렌지빛 빛을 비추고 있었다. 그렇게 오랜 시간이 흘렀다. 뼛속까지 스며드는 추위를 느끼며 칙디야크는 마비 상태에서 빠져나왔다. 그녀는 자기 딸이 어쩔 수 없다는 무력한 몸짓을 하는 것을 알았지만, 자신의 유일한 혈육인 딸이 위험을 무릅쓰고 자신을 위해 나서야 했다고 생각했다. 손자를 생각하자 그녀의 마음이 약해졌다. 그렇게 어리고 보드라운 아이를 어떻게 미워하겠는가? 다른 사람들을 생각하자 그녀는 화가 났다. 특히 그녀의 딸을 생각하면 그랬다! 자신은 그애를 강하게 키우지 않았던가? 예상치 못했던 뜨거운 눈물이 두 눈에서 솟구쳤다.

그 순간 사가 고개를 들어 친구의 눈에 고인 눈물을 보았다. 한줄기 분노가 그녀 안에서 솟구쳤다. 어떻게 이럴 수가 있단 말인가! 그녀의 두 뺨이 모욕감으로 뜨거워졌다. 자신과 친구가 죽을 때가 된 것도 아니잖은가! 자신들을 돌보아주는 대가로 그들은 바느질을 하고 동물의 가죽을 무두질하지 않았던가? 그들은 이곳저곳 짐짝처럼 옮겨질 필요가 없었다. 그들은 힘이 없는 것도, 희망이 없는 것도 아니었다. 하지만 사람들은 그들에게 죽음을 선고한 것이다.

그녀의 친구는 여든 개의 여름을 보았고, 자신은 일흔 다섯 개의 여름을 보았다. 그녀가 어릴 때 본, 뒤에 남겨진 노인들은 정말 죽을 때가 다 된 이들로, 볼 수도 걸을 수도 없는 이들이었다. 그런데 여전히 걸을 수 있고, 볼 수 있고, 이야기할 수 있는 그녀가 여기 있는 것이다…… 이런! 요즘 젊은 사람들은 혹독한 시기에서 벗어나기 위해 옛날보다 더 쉬운 방법을 찾으려 했다. 차가운 공기에 모닥불이 꺼지고 말았다. 사는 마음속에 더 커다란 불이 타오르며 투지가 생기는 것을 느꼈다. 마치 그녀의 정신이 이제 꺼져가는 모닥불 속에서 은은히 타는 잉걸불로부터 에너지를 빨아들이기라도 한 것 같았다. 그녀는 가문비나무로 다가가 손도끼를 집어 들었다. 친구

손자의 기특한 마음에 부드러운 미소가 지어졌다. 그녀는 꼼짝도 하지 않고 앉아 있는 친구 쪽으로 걸어오며 한숨을 내쉬었다.

사는 푸른 하늘을 올려다보았다. 그녀의 경험에 의하면 겨울 이 무렵의 푸른빛은 추위를 의미했다. 곧 밤이 되면 날씨는 더욱 추워질 터였다. 걱정스러운 표정으로 미간을 찌푸린 채 사는 친구 옆에 무릎을 꿇고 앉아 부드럽지만 단호한 목소리로 말했다.

"친구야," 하고 부른 후 그녀는 자신이 느끼는 것보다 더 많은 힘을 낼 수 있기를 바라면서 잠시 말을 끊었다. "우린 여기 앉아서 죽기를 기다릴 수 있어. 그리 오래 걸리지도 않을 거야……" 자신의 말을 들은 친구가 공포에 찬 두 눈을 들어 올리자 그녀가 재빨리 덧붙였다.

"우리가 이 세상을 떠나야 할 때는 아직 멀었어. 하지만 그저 여기 앉아서 기다리기만 한다면 우리는 반드시 죽고 말 거야. 사람들에게 우리의 무력함을 증명하게 될 거라고."

칙디야크는 절망에 차서 친구의 말을 들었다. 친구가 추위와 배고픔으로 인해 죽는 운명을 받아들이는 데 위험할 정도로 다가가 있다는 것을 감지하고 사가 좀더 다급한 어조로 말했다.

"그래, 사람들은 우리에게 죽음을 선고했어! 그들은 우리가 너무 늙어서 아무 짝에도 쓸모가 없다고 여기지. 우리 역시 지난날 열심히 일했고 살 권리가 있다는 것을 그들은 잊어버렸어! 그래서 지금 내가 이런 말을 하는 거야, 친구야. 어차피 죽을 거라면 뭔가 해보고 죽자고. 가만히 앉아서 죽음을 기다릴 게 아니라 말이야."

2장

"뭔가 해보고 죽자."

칙디야크는 혼란스러운 마음을 정리하려는 듯 조용히 앉아 있었다. 열의에 찬 친구의 말을 듣는 동안 존재의 캄캄한 어둠 속에서 작은 희망의 불꽃이 번득이는 것 같았다. 눈물이 뺨으로 흘러내리자 추위로 두 뺨이 쓰라렸다. 사람들이 모두 떠난 후 주위에 정적이 감돌았다. 친구의 말이 맞다는 것을 그녀는 알고 있었다. 그들이 아무것도 하지 않는다면 이 조용하고 추운 땅에서 그들을 기다리는 것은 죽음뿐이었다. 이윽고, 결심에서라기보다는 필사적인 감정으로 그녀는 친구의 말을 따라 했다. "뭔가 해보고 죽자고."

사는 흠뻑 젖은 나뭇가지 위에서 그녀를 부축해 일으켜 세웠다.

두 사람은 나뭇가지를 모아 모닥불을 피우고 불이 잘 붙도록, 쓰러진 미루나무에서 떼어낸 마른 이끼를 불 위에 던졌다. 그들은 타다 남은 불씨가 없는지 주위의 다른 모닥불들을 살펴보았다. 당시 유목민들은 이동하기 위해 짐을 꾸릴 때 단단해진 큰사슴 가죽으로 만든 주머니 안에 불붙은 석탄을 담거나, 자작나무 껍질로 만든 주머니에 재를 채우고 거기에 탁탁 소리를 내며 타고 있는 불씨를 담아 다음번 모닥불을 피울 준비를 했다.

어둠이 내리자 두 여인은 가죽끈 더미에서 가느다란 끈들을 잘라내 토끼 머리 크기의 올가미를 만들었다. 그런 다음 없는 기운을 끌어모아 몇 개의 토끼 덫을 만든 다음 바로 길을 떠났다.

그들이 어둠 속에서 토끼의 자취를 찾아 무릎까지 빠지는 눈 속을 터덜터덜 걷는 동안 지평선에 커다란 오렌지빛 달이 떠올랐다. 주변은 잘 보이지 않았고, 토끼들이 혹시 있다 해도 추운 날씨에 돌아다닐 리가 없었다. 하지만 그들은 몇 그루 나무 아래에서, 휘어진 버드나무 아래에서 단단하게 얼어붙은 오래된 토끼의 발자국을 발견했다. 칙디야크는 길게 늘어진 두툼한 버드나무 줄기에 가죽끈으로 만든 올가미를 묶은 다음 그것을 오솔길 한가운데 내려놓았다. 그녀는 버드나무와 자작나무 가지로 올가미 양쪽에 작은 울타리를 만들어 토끼가 덫으로 가도록 유인했다. 두 여인은 몇 개의 덫을 더 설치했다. 하지만 사실 토끼가 한 마리라도 잡히리라는 희망은 거의 없었다.

야영지로 돌아오는 길에, 사는 나무껍질을 따라 뭔가가 경쾌하게 달려가는 소리를 들었다. 그녀는 가만히 그 자리에 걸음을 멈추고는 친구에게도 멈추라고 손짓했다. 어둠 속에서 두 여인은 다시 한번 그 소리에 귀를 기울였다. 이제는 은빛이 된 달빛에 비친, 그들이 서 있는 곳에서 얼마 떨어지지 않은 나무 위에서 나무다람쥐 한 마리가 대담하게도 나무를 타고 있었다. 사는 천천히 허리춤에 손을 뻗어 손도끼를 꺼냈다. 두 눈을 다람쥐에 고정시킨 채 그녀는 의도적으로 느린 동작으로 손도끼로 과녁을 겨누었다. 그것은 그들에게 살아남느냐 마느냐를 의미했다. 다람쥐의 작은 머리가 시야에 들어오는 순간 사는 손도끼를 던졌다. 다람쥐는 조금 위쪽으로 깡총 뛰어올랐다. 하지만 사는 그것을 예상하고 조금 위쪽을 겨누었다. 사냥 지식과 기술로 과녁을 계산해 단 한 차례 날린 손도끼는 그 작은 다람쥐의 생명을 끊어놓았다. 그런 기술과 지식을 그녀가 마지막으로 사용한 것은 수많은 계절들 전이었다.

칙디야크는 몸속 깊은 곳에서 안도의 한숨을 내쉬었다. 달빛이 사의 미소 짓는 얼굴을 비추었다. 사는 자부심에 찬 동시에 떨리는 목소리로 말했다.

"예전에 수없이 했던 일이지만, 내가 또다시 해낼 줄은 몰랐어."

야영지로 돌아온 두 여인은 눈을 녹인 물에 다람쥐 고기를 넣고 끓여서 그 수프를 마시고 나중에 먹을 요량으로 소량의 고기를 남겨두었다. 그러지 않는다면 이것이 그들의 마지막 식사일 수도 있음을 그들은 알고 있었다.

두 여인은 사실 한동안 먹은 것이 없는 상태였다. 왜냐하면 사람들은 그들이 가진 얼마 안 되는 식량을 비축해두고자 했던 것이다. 이제 그들은 그 귀중한 식량이 왜 자신들에게 주어지지 않았는지 알 수 있었다. 어차피 죽을 사람들에게 왜 귀중한 식량을 낭비하겠는가? 자신들에게 일어난 일을

생각하지 않으려 애쓰면서 두 여인은 따끈한 다람쥐 고기 수프로 주린 배를 채우고 밤을 보내기 위해 텐트 안으로 들어가 누웠다.

그들의 텐트는 세 개의 긴 나뭇가지를 두 개의 널찍한 순록 가죽으로 둘러싸서 만든 삼각형 모양이었다. 그 안에 가문비나무 가지들을 촘촘히 쌓고 그 위에 짐승 털로 만든 담요를 덮었다. 두 여인은 부족이 자신들을 버리긴 했지만 그들이 지니고 있던 모든 소유물들을 가져가지 않은 것은 고마운 일이라고 의식하고 있었다. 이런 작은 친절을 베풀도록 한 것은 족장일 거라고 그들은 생각했다. 눈앞의 이익에 급급한 무리의 다른 사람들이라면 두 여인이 머잖아 죽을 것이라고 단정하고 그들이 입고 있는 따뜻한 털옷과 가죽옷을 제외한 나머지는 모조리 가져갔을 터였다. 이런 혼란스러운 생각들이 머릿속을 떠도는 가운데 기운이 빠진 두 여인은 잠에 빠져들었다.

달빛이 얼어붙은 땅 위를 조용히 비추었다. 이따금 외로운 늑대의 구슬픈 울음소리가 정적을 갈라놓는 그 땅에서 살아 있는 기운은 달빛뿐인 듯했다. 혼란과 피로로 가득찬 꿈을 꾸느라 두 여인은 눈두덩이 움찔거렸고, 입술 사이로는 속

절없는 신음이 흘러나왔다. 이윽고 달이 서쪽 하늘 아래에 낮게 걸리자 어둠 속 어딘가에서 비명소리가 울려퍼졌다. 두 여인은 그 끔찍한 비명이 자신들의 악몽 속에서 들린 것이기를 바라며 동시에 잠에서 깼다. 구슬픈 울음소리가 또다시 들려왔다. 이번에 두 여인은 자신들이 놓은 덫에 무엇인가가 걸렸다는 것을 알 수 있었다. 그들은 안도의 한숨을 내쉬었다. 다른 포식자들이 자기네 덫에 걸린 짐승을 가져가버릴까봐 두 여인은 서둘러 옷을 입고 덫을 놓은 곳으로 달려갔다. 그들은 작은 토끼 한 마리가 목이 반쯤 졸린 채 늘어져 몸을 떨면서 그들을 경계의 눈빛으로 바라보고 있는 것을 보았다. 사는 주저하지 않고 토끼에게 다가가 한 손으로 토끼의 목덜미를 잡고 심장이 두근거리는 것을 느끼며 그 작은 동물이 저항을 멈추고 축 늘어질 때까지 힘을 주었다. 일이 끝나자 사는 덫을 다시 설치했다. 그들은 야영지로 돌아왔다. 두 사람 모두 한 줄기 희망이 피어오르는 것을 느끼면서.

아침이 왔지만, 그 북극 땅에는 햇빛 한줄기 비치지 않았다. 먼저 잠에서 깬 것은 칙디야크였다. 그녀는 천천히 모닥불을 다시 피우고 그 위에 조심스럽게 나무를 더 얹었다. 추운 밤 동안 모닥불이 꺼질 때면 그들의 더운 숨결이 순록 가죽으로 된 벽에 얼어붙어 몇 겹의 서리가 맺히곤 했다. 치밀어오르는 둔중한 분노에 한숨을 내쉬며 칙디야크는 밖으로 나왔다. 북극의 빛이 아직 대지 위에서 춤을 추고 있었고 수많은 별들이 반짝이고 있었다. 칙디야크는 잠시 그 자리에 서서 그 경이로운 장면을 응시했다. 평생에 걸쳐 그녀는 밤하늘을 바라볼 때마다 경외감으로 가슴이 차올랐다.

자신이 해야 할 일이 있다는 것을 기억해낸 칙디야크는 순록 가죽 윗자락을 잡아 그것을 바닥에 내려놓고 얼음을 재빨리 털어냈다. 가죽을 다시 걸어놓은 다음 그녀는 다시 안으로 들어가 모닥불을 피우기 시작했다. 얼마 지나지 않아 순록 가죽 벽에서 습기가 방울방울 떨어지더니 이내 보송하게 말랐다.

칙디야크는 추운 날씨에 서리 녹은 물이 자신들의 몸 위로 떨어질 뻔했다는 것을 깨닫고 몸을 부르르 떨었다. 전에 이 문제를 어떻게 해결했더라? 아, 그랬다! 자신보다 젊은 여자들이 언제나 그 일을 했다. 모닥불 위에 나무를 쌓아놓고 수시로 텐트 안을 들여다보면서 연장자들의 모닥불이 꺼지지 않도록 해주었던 것이다. 자신들은 얼마나 응석받이였던가! 이제 그런 도움 없이 어떻게 살아남는단 말인가?

칙디야크는 깊은 한숨을 내쉬면서 그런 우울한 생각을 떨쳐버리고 자고 있는 친구가 깨지 않도록 조심해서 모닥불을 피우는 일에 집중했다. 마른 나무에서 작은 불꽃이 일면서 탁탁 소리를 내며 불이 타오르자 그들의 거처가 따뜻해졌다. 나무가 탁탁 소리를 내며 타는 소리에 잠이 깬 사는 오랫동안 반듯하게 누워 있다가 이윽고 자신의 친구가 무엇을 하고 있는지 알아차렸다. 욱신거리는 목을 돌려 미소를 지어 보이려던 그녀는 친구의 쓸쓸해 보이는 표정을 보고는 웃음기를 거두었다. 고통스럽게 미간을 찌푸리며 사는 한쪽 팔을 괴고 조심스럽게 몸을 일으켜 격려의 미소를 지으려 애쓰면서 말했다.

"당신이 따뜻하게 모닥불을 피우는 소리에 잠에서 깨니까 어제 일이 무슨 꿈처럼 여겨져."

칙디야크는 자신의 기운을 북돋워주려는 것이 명백한 이 말에 애써 미소를 지어 보였지만, 여전히 맥없이 모닥불을 물끄러미 바라보았다.

"난 여기 앉아서 걱정하고 있어." 긴 침묵 끝에 그녀가 말했다. "나는 앞으로 닥칠 일이 두려워. 아냐! 아무 말도 하지 마!" 친구가 무어라 말하려 입을 벌리자 그녀는 두 손을 들어

올렸다.

“우리가 살아남으리라고 당신이 확신하고 있다는 거 알아. 당신은 나보다 젊으니까.” 그녀는 자신의 말에 쓰디쓴 미소를 짓지 않을 수 없었다. 왜냐하면 바로 어제 그들은 둘 다 젊은 이들과 함께 살아가기에는 너무 늙었다는 심판을 받지 않았던가.

“나 스스로 내 일을 한 게 아주 오래전이야. 언제나 나를 돌봐주는 누군가가 있었지. 그런데 이제는……” 그녀는 탁하게 갈라지는 목소리로 조그맣게 말했다. 수치심으로 눈물이 주르르 흘러내렸다.

친구는 그녀를 울게 내버려두었다. 눈물이 잦아들자 칙디야크는 눈물 젖은 얼굴을 닦고는 웃음을 터뜨렸다.

“용서해, 친구. 내가 당신보다 나이를 더 먹었는데도 아기처럼 울고 말았네.”

“우리는 아기나 다를 바 없어.” 사가 대답했다. 칙디야크가 그 말에 놀라서 고개를 들었다. “우리는 아무것도 할 줄 모르는 아기나 다를 바 없다고.”

그 말에 친구가 약간 기분이 상한 듯한 표정을 짓기 시작하자 사의 입술이 미소로 실룩거렸다. 칙디야크가 그 미소를 엉

뚱하게 받아들이기 전에 사는 말을 계속했다.

"긴 세월 동안 우리는 많은 것들을 배웠어. 하지만 노년에 들어서자 우리는 삶에서 우리의 몫을 다했다고 생각했지. 그래서 더이상 전처럼 일하기를 그만두었어. 우리의 몸은 우리의 예상보다 좀더 많은 일을 할 수 있을 정도로 아직 건강한데도 말이야."

칙디야크는 무리의 젊은이들이 그들을 두고 가는 것이 최선이라고 생각한 이유를 갑작스럽게 밝히는 친구의 말에 소스라쳐 놀라며 가만히 앉아서 그녀의 말을 들었다.

"두 늙은 여인. 그들은 만족할 줄 모르고 불평을 해대지. 우리는 먹을 게 없다고, 젊었을 때가 좋았다고 떠들어댔어. 사실은 더 나을 것도 없었는데 말이야. 우리는 우리가 너무 늙었다고 생각해. 그렇게 오랜 세월 동안 우리가 아무것도 할 줄 모른다고 젊은 사람들에게 인식시켰기 때문에 이제 그들은 우리가 더이상 이 세상에서 아무 쓸모도 없다고 여기는 거야."

자신의 단호한 말을 들은 친구의 눈에 눈물이 차오르는 것을 보고 사는 무거운 목소리로 감정을 담아 말을 이었다.

"우리는 그들이 틀렸다는 것을 증명할 거야! 우리 부족에게, 그리고 죽음에게 그들이 틀렸다는 것을 말이야!" 그녀는 허공에 손짓을 하며 고개를 내저었다.

"그래, 이 죽음이란 게 우리를 기다리고 있어. 우리가 약점을 보이는 순간 우리를 움켜쥘 만반의 준비를 갖추고 말이야. 나는 당신과 내가 겪을 그 어떤 고통보다도 그런 죽음이 두려워. 어차피 죽을 거라면, 우리 뭔가 해보고 죽자고!"

칙디야크는 오랫동안 친구를 물끄러미 응시하고는 그녀의 말이 맞다는 것을 깨달았다. 그들이 살아남으려 애쓰지 않는다면, 죽음은 반드시 닥쳐올 터였다. 그녀는 자신들 두 사람이 과연 이 엄혹한 계절을 살아남을 수 있을 만큼 강한지 확신할 수 없었다. 하지만 친구의 목소리 속에 깃든 열정이 그녀의 기분을 좀 나아지게 해주었다. 그래서 그녀는 자신들이 할 수 있는 말이나 행동이 아무것도 없다고 슬퍼하는 대신에 미소를 지었다.

"내 생각에 우리는 전에도 이런 말을 했고, 아마 앞으로도 여러 차례 하게 될 것 같아. 하지만 좋아, 뭔가 해보고 죽자고."

그러자 불가능하다고 생각했던 어떤 힘이 자신을 채우는 것을 느끼며 사는 미소를 지으며 자리에서 일어났다. 그들 앞에 놓인 긴 하루를 준비하기 위해.

3장

지난날의 기술을 기억해내다

그날 두 여인은 너무 늦지 않게 스스로를 추슬러 어린 시절부터 배워온 지식과 기술을 기억해낼 수 있었다.

그들은 눈신발을 만드는 일부터 시작했다. 보통은 늦봄과 초여름에 자작나무를 모아두곤 하지만 오늘은 어린 자작나무를 써야 했다. 그들에게는 물론 제대로 된 연장이 없었지만, 두 여인은 수중에 지닌 것으로 그럭저럭 어린 자작나무를 네 조각으로 나눈 다음 커다란 자작나무 통에 담아 끓였다. 나무가 부드러워지자 두 여인은 그것을 둥글게 구부린 다음 양쪽 끝을 다듬었다. 반원형이 된 나무 두 개를 하나로 붙인 다음 두 여인은 자신들이 갖고 있던 바느질용 작은 송곳으로 나무 양쪽에 어설프게나마 작은 구멍들을 여러 개 뚫었다. 그 일은 쉽지 않았다. 하지만 손가락이 욱신거렸음에도 두 여인은 포기하지 않고 그 일을 마쳤다. 그전에 그들은 동물의 생가죽으

J.L. Grant.

로 만든 가죽끈들을 물에 담가놓았다. 가죽끈이 부드러워지자 그것을 꺼내 실처럼 가늘게 가른 다음 자작나무 틀에 대고 엮어서 눈신발의 바닥을 만들었다. 그러고는 다른 가죽끈을 모닥불에 쬐어 단단하게 한 다음 발을 넣을 고리를 만들어 눈신발의 바닥에 연결했다.

작업을 모두 끝냈을 때, 두 여인의 얼굴은 자부심으로 빛났다. 이윽고 두 사람은 좀 어설프긴 해도 제 기능을 다하는 그 눈신발을 신고 토끼 덫을 살펴보러 떠났다. 놓아둔 덫에 토끼가 한 마리 더 잡혀 있는 것을 보고 그들의 사기는 더욱 높아졌다. 며칠 전 같은 지역에서 부족이 토끼를 잡으려 덫을 놓았으나 성공하지 못했다는 사실을 알고 있었던 만큼 자신들에게 행운의 여신이 미소를 짓는다는 생각까지 들었다. 그들은 자신들이 해낸 모든 일을 떠올리며 한결 가벼운 마음으로 야영지로 돌아왔다.

그날 밤 두 여인은 앞으로의 계획에 대해 이야기했다. 자신들이 버려진 그 가을용 야영지에 그대로 있을 수 없다는 것을 알고 있었다. 왜냐하면 이곳에는 긴 겨울 동안 살아남을 수 있을 만큼 사냥할 동물들이 많지 않았던 것이다. 그들은 또한 뜻밖의 적들을 만나지 않을까 두려웠다. 추운 겨울에도 이동하는 다른 무리들이 있었으므로, 그런 위험에 자신들을 노출시키고 싶지 않았다. 이제 신뢰가 깨어졌으므로 자신의 부족 또한 두려워지기 시작했다. 두 여인은 그곳을 떠나야 한다는 결론을 내렸다. 추운 날씨에 내몰린 사람들이 살아남기 위해 어떤 절박한 행동을 할지 두려웠다. 몇몇 사람들이 살아남기 위해 인육을 먹었다는, 세대에서 세대로 전해내려온 금기에 가까운 이야기를 기억하고 있었던 것이다.

두 여인은 어디로 가야 할지를 고심하며 텐트 안에 앉아 있었다. 갑자기 칙디야크의 입에서 한마디 말이 터져나왔다.

"내가 적당한 곳을 알아!"

"어딘데?" 사가 흥분한 목소리로 물었다.

"우리가 아주 오래전에 물고기를 잡던 곳 기억나? 물고기가 너무 많아서 그걸 말리기 위해 저장고를 만들어야 했던 개울 말이야."

사는 잠시 기억을 더듬었다. 이윽고 그곳이 어렴풋이 머릿속에 떠올랐다.

"그래, 기억나. 그런데 왜 그동안 우리 부족은 그곳에 돌아가지 않았을까?" 그녀가 물었다. 칙디야크가 어깨를 으쓱해 보였다. 그녀 역시 이유를 알 수 없었다.

"아마 그런 곳이 있다는 걸 잊었었겠지." 그녀가 대답했다.

이유야 어떻든 간에 두 여인은 지금으로서는 그곳으로 가는 것이 좋다는 데 동의했다. 그곳까지 가는 길은 멀었으므로 그들은 즉각 출발해야 했다. 두 여인은 나쁜 기억으로 얼룩진 이곳에서 가능한 한 멀어지고 싶었다.

다음날 아침 그들은 짐을 꾸렸다. 그들의 큰사슴 가죽은 쓰임이 많았다. 그날 그들은 그것을 손썰매로 사용하기로 했다. 두 여인은 텐트 막대에서 두 장의 순록 가죽을 떼어내 털 있는 쪽이 아래로 향하게 바닥에 펼쳤다. 그들은 갖고 있는 짐을 그 위에 올려놓고 싼 다음 긴 가죽끈으로 단단하게 묶었다. 그런 다음 길게 꼬아 만든 큰사슴 가죽끈들을 가죽 썰매 앞에 단단하게 고정시키고 다른 쪽 끝을 각자 하나씩 허리에 묶었다. 털 달린 순록 가죽이 높이 쌓인 마른 눈 위를 가볍게 미끄러졌고 새로 만든 눈신발은 눈 위에서 걷기 쉽게 해주었다. 두 여인은 그렇게 긴 여정을 시작했다.

기온이 크게 떨어지자 차가운 공기에 두 눈이 따끔거렸다. 이따금 그들은 걸음을 멈추고 장갑을 벗고 맨손으로 얼굴을 감싸 데워야 했고, 따끔거리는 눈에서 흘러나오는 눈물을 계속해서 닦아야 했다. 하지만 입고 있는 털옷 덕분에 그런 추위 속에서도 그들은 체온을 유지할 수 있었다.

두 여인은 늦은 밤까지 걸었다. 그리 먼 거리를 이동한 것은 아니었지만, 두 사람 모두 완전히 지쳐버려 마치 까마득히 오래전부터 걷고 있었던 것처럼 여겨졌다. 그만 걷고 야영을 하기로 하고 두 여인은 눈 속에 깊은 구덩이를 파고 거기에 가문비나무 가지를 채웠다. 그런 다음 작은 모닥불을 피우고 다람쥐 고기를 끓여 수프를 만들어 먹었다. 그들은 어찌나 피곤했던지 곧 잠에 빠져들었다. 이번에 그들은 신음 소리를 내지도 뒤척이지도 않고 조용히 깊은 잠에 빠졌다.

아침이 오자 두 여인은 무시무시한 추위를 느끼며 잠에서 깼다. 바로 위로 보이는 하늘은 별을 가득 담아놓은 큰 사발 같았다. 두 여인은 구덩이 밖으로 기어나오려 애썼지만, 몸이 움직이지 않았다. 서로의 눈을 마주본 두 사람은 자신들이 스스로의 몸을 한계 이상으로 밀어붙였다는 것을 깨달았다. 이윽고 나이가 더 어리고 결단력이 좀더 있는 사가 가까스로 몸을 움직이는 데 성공했다. 하지만 통증이 너무 심해서 그녀는 고통스러운 신음을 내지르지 않을 수 없었다. 칙디야크는 자신 역시 몸을 일으키면 그렇게 되리라는 것을 알고 한동안 가만히 누워 다가올 고통을 이겨낼 용기를 불러모았다. 마침내

그녀 역시 천천히 몸을 움직여 고통스럽게 구덩이 밖으로 기어나왔다. 두 여인은 뻣뻣한 관절을 부드럽게 하기 위해 구덩이 주위를 절뚝거리며 걸었다. 남아 있는 다람쥐 고기를 먹은 다음 그들은 물건을 잔뜩 실은 가죽 썰매를 천천히 끌고 다시 길을 떠났다.

그날은 앞으로 다가올 날들을 통틀어 가장 길고도 고통스러운 날로 기억될 터였다. 그들은 몸이 얼어서 비틀거렸고, 피로와 노쇠로 인해 수없이 눈 위에 넘어지고 또 넘어졌다. 하지만 그들은 한 걸음 한 걸음이 그들을 목적지에 더 다가가게 해준다는 것을 의식하며 절박한 심정으로 걸음을 계속했다.

하루에 짧은 동안만 비추는 아득한 햇빛이 대기에 매달린 얼음 안개를 뚫고 희미하게 반짝였다. 이따금 푸른 하늘이 보일 때도 있었지만, 두 여인은 두터운 소용돌이를 그리는 자신들의 얼어붙은 입김만을 알아볼 수 있었다. 폐가 얼어붙지 않을까 하는 것이 또다른 걱정거리였으므로, 그들은 추위 속에서 지나치게 몸을 혹사하지 않도록 조심했다. 그리고 어쩔 수 없이 힘든 일을 해야 할 때면 그들은 얼굴을 덮개로 감싸 보호했다. 그렇게 하면 덮개와 얼굴이 닿는 부분이 얼어서 덮개가 얼굴에 붙어버리는 짜증스러운 부작용이 생겼지만, 두 여인에게 그런 사소한 불편은 끊어질 듯 아픈 팔다리와 뻣뻣한 관절, 퉁퉁 부어오른 두 발에 비하면 아무것도 아니었다. 때로는 그들의 가슴팍에 가죽끈을 묶어 끌고 가는 무거운 썰매마저도 그들의 얼굴이 눈 속에 처박히는 것을 막아주는 고마운 도구처럼 여겨졌다.

몇 시간 안 되는 낮이 지나가자 두 여인의 눈은 자신들을 안아주는 어둠에 익숙해졌다. 하지만 그들은 사실은 밤이 아직 오지 않았다는 것, 줄곧 걸어야 한다는 것을 알았다. 야영할 시간이 되었을 무렵 두 여인은 자신들이 커다란 호수 위에 올라와 있다는 것을 깨달았다. 그들은 멀리 호숫가를 따라서 있는 나무들을 볼 수 있었다. 그들은 숲이 야영을 하기에 더 좋은 장소라는 것을 알았지만, 완전히 기진맥진해서 더이상 걸을 수가 없었다. 그들은 또다시 눈 속에 구덩이를 판 다음 그 안으로 기어들어가 가죽 담요를 덮고 이내 잠에 빠져들었다. 두꺼운 가죽과 모피로 만든 옷이 그들의 몸을 따뜻하게 해주었고, 차가운 공기로부터 그들의 몸을 보호해주었다. 그 눈구덩이는 땅 위에 친 텐트만큼 따뜻했으므로, 두 여인은 사나운 북극의 짐승들조차 쉴 곳을 찾게 하는 혹한의 기운에도 아랑곳없이 잠을 잘 수 있었다.

다음날 아침, 사가 먼저 잠에서 깼다. 긴 잠과 차가운 공기가 그녀의 머릿속을 그런대로 맑게 해주었다. 살짝 인상을 쓰면서 그녀는 고개를 들고 구덩이 밖을 둘러보았다. 호숫가에서 있는 나무들을 보고 그녀는 자신들이 어제 너무 지쳐서 호수를 건너지 못했다는 사실을 기억해냈다.

그녀는 친구의 잠을 방해하고 싶지 않았으므로 천천히 몸을 일으켰다. 자칫 잘못 움직이기라도 하면 뻣뻣해진 관절이 그대로 고정되어 더이상 움직이지 못할 수도 있었다. 자신과 친구가 며칠 전까지만 해도 아주 사소한 통증과 아픔을 두고 얼마나 요란하게 불평을 해댔었는지, 전날 밤 야영지에 지팡이를 두고 오기 전까지 얼마나 지팡이에 의존했는지를 생각하자 그녀의 입가에 슬며시 웃음이 떠올랐다. 으스스한 대기 속에서 조심스레 몸을 펴면서 그녀는 적당한 때가 오면 친구에게 이런 사실을 환기해줘야겠다고 기억해두었다. 그들은 자신들이 여러 해 동안 보행에 도움을 받기 위해 그 지팡이들을 줄곧 갖고 다녔다는 것, 그리고 무슨 일인지 이제는 지팡이 없이도 여러 마일을 걸을 수 있게 되었다는 사실을 두고 웃음을 터뜨릴 수 있을 터였다. 사는 욱신거리는 관절과 뻣뻣한 몸을 풀기 위해 주변을 걷기 시작했다.

눈구덩이 안에서 칙디야크는 구덩이 주변을 돌아다니는 자신보다 훨씬 날랜 친구를 올려다보았다. 칙디야크는 잠을 자고 난 후에도 여전히 피곤하고 서글픈 생각에 싸여 있었다. 하지만 그녀는 자신이 친구 옆에서 최선을 다해 이 난관을 헤쳐 나가야 한다는 것을 알고 있었다. 자신이 포기한다면, 친구 역시 포기하리라는 것을 알 만큼은 오래 살았던 것이다. 그래서 그녀는 억지로 몸을 움직이려 했지만, 온몸을 관통하는 고통 때문에 다시 뒤로 벌렁 누워서 깊은 한숨을 내쉬었다.

사는 칙디야크가 힘들어하는 것을 보고는 구덩이 속으로 들어와 그녀가 밖으로 기어나올 수 있도록 거들었다. 그들은 함께 끙 소리를 내며 힘들게 몸을 움직였다. 얼마 지나지 않아 그들은 다시 걷고 있었고, 호숫가에 도착해서야 걸음을 멈추었다. 그곳에서 그들은 모닥불을 피우고 한끼분의 토끼 고기를 먹은 다음 가죽 썰매를 몸에 묶고 다시 길을 떠났다.

얼어붙은 호수는 걷고 또 걸어도 끝이 없는 것처럼 여겨졌다. 호수들 사이사이에 있는 가시나무와 버드나무 군락, 수많은 가문비나무 사이를 지나가야 했으므로 두 여인은 완전히 지쳐서 실제보다 훨씬 더 많은 거리를 걸은 것 같은 느낌이 들었다. 여러 차례 장애물을 만나 길을 돌아가야 했음에도 불구하고 두 여인은 결국에는 제대로 된 방향을 찾아냈다. 때때로 피로 때문에 판단력이 흐려져서 길을 벗어나거나 그 자리에서 맴도는 일도 있었지만, 그들은 얼마 지나지 않아 맞는 방향을 찾아냈다. 그들은 자신들이 찾는 빈 야영지가 다음 순간 기적처럼 눈앞에 나타나기를 바랐지만 그런 일은 일어나지 않았다. 물론 그들 중 하나가 목적지에 도착했다고 착각한 때는 몇 차례 있었다. 하지만 가혹한 추위와 뼛속까지 파고드는 고통은 그들에게 언제나 재빨리 현실을 깨닫도록 해주었다.

네번째 되는 날 밤, 두 여인은 하마터면 고꾸라질 뻔하며 개울에 이르렀다. 그들 주위의 모든 것이 은빛 달빛으로 싸여 있었다. 수많은 나무 아래 그리고 야영지 위로 그림자가 드리워져 있었다. 두 여인은 잠시 동안 둑 위에 서서 그 특별한 밤의 아름다움을 바라보며 쉬었다. 사는 자신 같은 사람, 짐승, 나아가 나무까지 압도하는 대지의 힘에 감탄했다. 그들 모두는 대지에 의존하고 있었다. 대지의 법칙에 복종하지 않는 부주의하고 무가치한 생명에는 즉각 죽음이 닥칠 터였다. 사가 깊은 한숨을 내쉬자 칙디야크가 친구를 올려다보았다.

"왜 그래?" 그녀가 물었다.

사의 얼굴에 서글픈 미소가 어렸다.

"잘못된 건 아무것도 없어, 친구. 요컨대 우리는 제대로 가고 있어. 그저 이 땅이 과거에는 정말 살기 수월한 곳이었는데 이제는 날 원하지 않는 것 같다는 생각을 하고 있었어. 아마 관절이 너무 아파서 이런 불평을 하게 되는 것 같아."

칙디야크가 웃음을 터뜨렸다.

"아마 그건 지금 우리가 너무 늙어서거나 우리의 상태가 좋지 않아서 그런 걸 거야. 우리가 이 대지를 다시 누비고 다닐 때가 올 거야." 사가 농담에 합세했다.

그런 이야기들은 그저 그들의 원기를 돋우기 위한 것이었다. 두 여인은 이 여정이 끝난 것이 아니라는 것, 생존을 위한 그들의 투쟁이 더 쉬워진 것도 아니라는 것을 알고 있었다. 노년기에 들어서서 약해지긴 했지만, 칙디야크와 사는 자신들이 힘든 노역이라는 비싼 대가를 지불해야만 대지가 그 대가로 자신들에게 안락을 준다는 자연의 법칙을 알고 있었다.

두 여인은 개울을 따라 내려가 넓은 강에 이르렀다. 날씨가 추울 때에도 바람을 일으키며 휘도는 강의 암류暗流가 얼음을 부식시켜 그 두께를 얇게 만들기 때문에 그 위를 걷는 것은 위험한 일이었다. 두 여인은 그 사실을 깨닫고 얼음이 깨지는 소리가 들리지는 않는지, 갈라진 얼음 틈 사이로 김이 피어오르지는 않는지 신경을 곤두세운 채 얼어붙은 강 위에서 조심스럽게 한 걸음 한 걸음 떼어놓았다.

그들이 마침내 강 건너편에 이르렀을 때, 두 사람 모두 긴장과 피로 때문에 정신적으로 육체적으로 완전히 지쳐 있었다. 남아 있는 힘을 겨우 모아서 그들은 감각 없는 손으로 다시 또 한 밤을 지낼 거처를 만들기 시작했다.

4장

고통의 여정

그때까지 그들은 밤이 올 때마다 여러 차례 쉴 곳을 마련했지만, 그날 밤은 그 어떤 밤들과도 비교할 수 없었다. 왜냐하면 두 여인은 너무나 지쳐서 거의 몸을 움직일 수조차 없었던 것이다. 그들은 제대로 가늠도 하지 않고 되는 대로 가문비나무 가지를 그러모아 누울 곳을 만들고 커다란 나무토막을 모아 모닥불을 지폈다. 마침내 그들은 몸을 움츠린 채 불가에 함께 앉아 그들이 원래 있었던 야영지에서 가져온 불씨에서 옮겨 붙은 커다란 오렌지빛 불꽃을 마비된 듯 물끄러미 바라볼 수 있었다. 얼마 안 있어 그들은 자신들도 모르게 잠 속으로 빠져들었다. 그들의 귀에는 멀리서 우는 외로운 늑대의 울음소리가 들리지 않았다. 새벽의 찬 공기에 그들의 감각이 되살아나기 전까지는.

그들은 서로 기대고 앉아서 잠이 들었고, 그런 자세로 밤을 보냈다. 오랫동안 다리를 깔고 앉아 있었으므로, 그들은 자리에서 일어나기가 쉽지 않으리라는 것을 알았다. 잠이 깨고 나서도 그들은 움직이지 않은 채 한참을 더 앉아 있었다. 이윽고 사가 기운을 내서 일어나려고 해보았지만, 감각 없는 두 다리가 말을 듣지 않았다. 그녀는 끙 소리를 내며 다시 한번 몸을 일으키려 해보았다. 그동안 칙디야크는 두 눈을 꼭 감고 자는 척하고 있었다. 그녀는 자리에서 일어나 그날의 삶을 직면하고 싶지 않았다.

사는 마음을 단단히 먹고 다시 몸을 일으키려 했으나 뼛속까지 파고드는 통증이 이번만큼은 상황이 만만치 않다는 것을 그녀에게 말해주었다. 그들은 또다시 자신들의 몸을 한계까지 밀어붙였던 것이다. 그럴 생각이 아니었음에도 사의 입에서 고통스러운 신음이 터져나왔다. 그녀는 정말이지 울고 싶었다. 그녀는 자신들이 지난 사흘간 겪은 모든 일을 생각하며 기진맥진한 채 고개를 떨구었다. 매서운 추위 때문에 상황이 더욱 절망적으로 느껴졌다. 그녀는 정말이지 자리에서 일어나고 싶었지만 몸이 움직여지지 않았다. 온몸이 너무나도 뻣뻣했다.

칙디야크는 무기력 상태에서 친구가 끙끙대는 소리를 들었다. 그녀는 자신이 앉은 채로 별다른 감정 없이 사의 울음소리를 듣고 있다는 사실이 놀라웠다. 어쩌면 그들은 길을 떠나지 말아야 했는지도 몰랐다. 어쩌면 젊은 사람들의 판단이 옳았는지도 몰랐다. 자신과 사는 지금 불가능한 것과 싸우고 있는지도 몰랐다. 그들로서는 입고 있는 따뜻한 털옷 속에 깊이 몸을 묻고 잠 속으로 빠져드는 편이 훨씬 쉬웠다. 그들은 더 이상 그 누구에게든 그 무엇도 증명할 필요가 없었다. 어쩌면 사가 그토록 두려워하는 잠은 결국 그렇게 나쁜 게 아닐지도 몰랐다. 적어도 칙디야크는 그것이 현재 그들의 상태만큼 고약하지는 않으리라고 생각했다.

사에게도 자신보다 나이 많은 친구처럼 의욕도 의지도 남지 않았지만, 두 사람 모두를 위한 결의만큼은 남아 있었다. 매서운 추위와 양옆구리의 통증, 주린 배, 감각 없는 다리에도 불구하고 그녀는 몸을 일으키기 위해 온 힘을 끌어모았고, 이번에는 성공했다. 그녀는 이제 아침 습관이 된 모닥불 주위를 절뚝거리며 걷는 일을 시작했다. 이윽고 천천히 피가 도는 느낌이 들었다. 온몸에 다시 피가 돌고 감각이 살아나자 더이상 고통스럽지 않았다. 사는 나뭇가지를 주워 모닥불을 더 크게 피우는 데 신경을 집중했다. 그런 다음 토끼 머리를 끓여 맛있는 수프를 만들었다.

칙디야크는 눈을 가늘게 뜨고 친구의 이 모든 행동을 지켜보았다. 그녀는 자신이 깨어 있다는 것을 친구가 모르기를 바랐다. 깨어 있다는 것을 친구가 안다면, 자기도 자리에서 일어나야만 할 텐데 그녀는 꼼짝도 하고 싶지 않았던 것이다. 지금뿐 아니라 영원히 움직이고 싶지 않았다. 그녀는 지금 누워 있는 자리에서 한 걸음도 움직이지 않을 터였다. 그러면 머잖아 죽음이 그녀를 고통에서 해방시켜주리라. 하지만 그녀의 몸은 아직 굴복할 준비가 되지 않은 모양이었다. 행복한 망각 속으로 빠져드는 대신 칙디야크는 문득 급하게 소변이 보고 싶었다. 그녀는 그 욕구를 무시하려 애썼지만, 방광이 터져나갈 것 같았다. 끙 소리를 내며 그녀는 소변을 참았다. 금방이라도 오줌이 나올 것만 같았다. 겁에 질린 그녀는 튕겨지듯 자리에서 일어나서는 깜짝 놀라는 친구의 시선을 받으며 버드나무로 다가갔다. 뭔가 잘못한 사람의 표정을 지으며 칙디야크가 버드나무 덤불에서 걸어나오자, 사는 고개를 갸웃하며 궁금해하는 듯한 표정을 지었다.

"무슨 일이야?" 그녀가 물었다.

칙디야크는 당혹감을 느끼며 대답했다.

"조금 전 내가 그렇게 빨리 움직일 수 있었다는 사실에 정말 놀랐거든. 그 직전까지 손가락 하나도 까딱할 수 없을 거라고 생각했는데."

사는 그날 할 일을 생각하고 있었다.

"이 수프를 먹은 다음 우리는 어떻게 해서든 걸어야 해. 오늘 조금밖에 가지 못한다고 해도 말이야." 그녀가 말했다.

"우리가 한 걸음 한 걸음 걸을 때마다 우리가 가려는 곳에 가까워지는 거야. 오늘 나는 몸이 좋지 않지만, 내 마음은 몸을 이길 힘을 갖고 있어. 내 마음은 우리가 여기서 쉬는 대신 앞으로 나아가기를 원해. 그게 내가 하고 싶은 일이야."

칙디야크는 자기 몫의 토끼머리 수프를 먹으며 친구의 말을 들었다. 그녀 역시 한동안 이곳에 머물고 싶었다. 사실 그녀는 절박하게 이곳에 머물고 싶었다. 하지만 그런 어리석은 생각에 그녀는 부끄러움을 느끼며 마지못해 앞으로 나아가야 한다는 데 동의했다.

칙디야크가 자신들의 여정을 다시 시작하는 데 동의하자 사는 가벼운 실망을 느꼈다. 그녀의 마음 깊은 곳에서는 혹시 칙디야크가 더이상 걸을 수 없다고 자신의 제안을 거부하기를 바란 게 아니었을까. 하지만 다른 생각을 하기에는 이미 늦었다. 두 여인은 자신들의 가는 허리에 가죽끈을 묶고 짐을 끌며 걷기 시작했다. 걸어가는 동안 그들은 혹시 동물들의 흔적이 없는지 살폈다. 왜냐하면 비축해둔 식량이 거의 바닥났고 동물의 고기는 그들의 주된 에너지원이었던 것이다. 동물의 고기 없이는 살아남기 위한 그들의 싸움도 곧 끝장날 터였다. 이따금 두 여인은 걸음을 멈추고 자신들이 제대로 온 것인지 지금 가는 길이 맞는지 의견을 주고받았다. 그 개울에서부터는 강이 한 방향으로만 흐르고 있었으므로, 두 여인은 강둑을 따라 걸으면서 오래전 물고기가 많았던 장소로 통하는 좁은 개울의 위치를 줄곧 가늠할 수 있었다.

두 여인이 발이 푹푹 빠지는 눈밭을 가로질러 자신들의 썰매를 천천히 끌면서 이동한 지 며칠이 지났다. 여섯번째 되는 날 눈앞의 길만 멍하니 바라보며 걷는 데 익숙해진 사가 눈길을 들었다. 강 건너편에 개울이 시작되는 지점이 보였다.

"이제 다 왔어." 그녀가 차분하고 부드러운 목소리로 말했다.

칙디야크는 친구를 올려다본 다음 그 개울을 보았다. "우리가 맞은편에 있다는 것만 빼면 말이지." 그녀가 말했다.

어떤 상황에서든 부정적인 면을 찾아내는 친구에게 사는 그저 미소만 지어 보였다. 너무 지친 나머지 그녀는 더 희망적인 관점을 제시하지 못하고, 혼자 한숨을 내쉬고는 친구에게 따라오라고 손짓했다.

이번에 두 여인은 얼음 아래 있을지도 모르는 균열 같은 것에는 신경쓰지 않았다. 그들은 너무 지쳐 있었다. 잠재된 위험에도 아랑곳없이 그들은 꽁꽁 얼어붙은 강을 건너 강의 지류로 거슬러올라가는 걸음을 계속했다. 두 여인은 그날 밤 늦게까지 걸었다. 달이 천천히 나무들 위로 나와 좁은 시내를 따라 그들의 길을 비춰주었다. 이전 날들보다 몇 시간을 더 걸었음에도 두 여인은 걸음을 멈추지 않았다. 그들은 옛날에 쓰던 모닥불 터가 멀지 않은 곳에 있다는 것을 알고 있었고, 그날 밤 목적지에 이르고 싶었다.

칙디야크가 친구에게 이제 그만 걷자고 사정하려던 순간 그들이 찾던 모닥불 터가 시야에 들어왔다.

"저기 좀 봐!" 그녀가 외쳤다. "그 옛날 우리가 걸어놓은 물고기 선반이 아직 있어!"

사는 걸음을 멈추었다. 갑자기 피로가 몰려왔다. 휘청거리는 두 다리로 서 있기 위해 그녀는 엄청난 노력을 기울여야 했다. 뭔가 집에 왔다는 느낌 같은 것이 갑자기 그녀의 온몸을 관통했던 것이다.

칙디야크는 친구에게 다가가 한쪽 팔을 둘렀다. 그들은 강렬한 감동에 싸인 채 말없이 서서 서로를 바라보았다. 그들 스스로의 힘으로 여기까지 온 것이다. 지난날 친구, 가족과 더불어 그곳에서 행복했던 추억이 그들의 기억 속에 되살아났다. 이제는 자기네 부족에게 배신당하고 단둘이 이곳에 오다니 이 무슨 운명의 장난인가.

함께 힘든 일을 겪었으므로 두 여인은 서로가 무슨 생각을 하는지 말을 하지 않아도 알 수 있었다. 대개의 경우 사가 좀 더 민감한 쪽이었다.

"우리가 지금 왜 여기 와 있는지는 생각하지 않는 게 좋겠어." 그녀가 말했다. "우리는 오늘밤 여기에 쉴 곳을 마련해야 해. 얘기는 내일 하자고."

목구멍으로 치밀어오르는 쓰라린 감정을 억제하며 칙디야크는 그 말에 동의했다. 그리하여 두 여인은 천천히 다리를 끌면서 개울을 지나 옛 모닥불 자리로 다가갔다. 그곳에서 그들은 과거에 사용했던 텐트 기둥을 발견했고, 그것을 이용해 그날 밤 텐트를 쳤다.

입고 있는 털옷이 매서운 추위로부터 그들을 보호해주긴 했지만, 순록 가죽은 추위를 막는 데 그보다 훨씬 효과적이었

J.L. Grant

다. 잉걸불이 밤새도록 재 속에서 탁탁 소리를 내면서 타올라 거처 안을 따뜻하게 해주었다. 이윽고 새벽의 찬 공기가 몸을 파고들자, 두 여인은 몸을 움직거리기 시작했다. 사가 먼저 몸을 일으켰다. 이번에 그녀의 몸은 그렇게까지 굳어 있지 않았다. 그녀는 그들이 전날 밤 텐트 주위를 돌아다니며 주워 놓은 땔감을 아직 타고 있는 작은 불꽃 위에 올려놓았다. 마른 나뭇가지에 잠시 바람을 불어넣자 불꽃 하나가 부드럽게 춤을 추며 버드나무 가지 더미 위로 퍼져나가기 시작했다. 얼마 지나지 않아 그들의 거처는 타오르는 불빛으로 은은하게 빛나며 따뜻해졌다.

그날 두 여인은 관절이 욱신거렸음에도 아랑곳하지 않고 쉼 없이 일했다. 그들은 한겨울의 혹한에 대한 대비를 서둘러 마무리해야 한다는 것을 알고 있었다. 왜냐하면 곧 날씨가 훨씬 더 추워질 것이기 때문이었다. 그래서 그들은 거처를 바람과 한기로부터 보호하기 위해 주위에 눈을 높이 쌓고, 눈에 띄는 대로 나뭇가지들을 모아들이면서 그날을 보냈다. 그들은 쉬지 않고 일했다. 토끼를 잡기 위해 긴 거리에 걸쳐 덫을 놓았다. 이 지역에는 버드나무가 많았고 살아 있는 토끼의 흔적을 많이 볼 수 있었던 것이다. 밤이 되자 두 여인은 거처로 돌아왔다. 사가 남은 토끼 내장을 끓였고, 두 여인은 남아 있는 마지막 식량을 먹었다. 그런 다음 그들은 잠자리에 기대앉아 모닥불을 응시했다.

이렇게 버려지기 전에 두 여인은 서로에 대해 그리 잘 알지 못했다. 그들은 둘 다 불평하기 좋아하는 나쁜 습관을 갖고 있었고, 중요하지 않은 문제들에 대해 수다를 떨었을 뿐이었다. 그러니까 그들의 공통점은 나이가 많다는 것과 잔인한 운명을 지녔다는 것뿐이었다. 그리하여 함께한 그 고통스러운 여정이 끝나자 그들은 어떤 화제를 찾아야 할지 알 수 없었다. 그래서 대화 대신에 두 여인은 각자 혼자만의 생각에 빠졌다.

칙디야크의 생각은 즉각 자신의 딸과 손자에게로 향했다. 그녀는 그들이 잘 지내는지 궁금했다. 자기 딸을 생각하자 쓰라린 배신감이 그녀의 온몸을 관통했다. 자신의 친혈육이 자신을 위해 나서지 않았다는 사실을 칙디야크로서는 여전히 믿기 어려웠다. 칙디야크는 자기 연민의 눈물이 흘러내리려는 것을 가까스로 억제했다. 그녀는 이를 악물었다. 울지 말아야 했다! 지금은 그런 건 잊어버리고 강해져야 할 때였다! 하지만 그 순간 그녀의 눈에서 굵은 눈물방울 하나가 떨어졌다. 그녀는 사를 건너다보고, 사 역시 깊은 생각에 빠져 있다는 것을 알았다. 칙디야크는 친구의 태도에 당혹감을 느꼈다. 몇몇 순간 약해지는 모습을 보이기는 했지만, 자신 옆에 있는 그 여인은 줄곧 강인하고 자기 확신에 차 있지 않은가. 마치 이 모든 것이 극복해야 할 도전이라는 듯이. 호기심이 그녀를 쓰라린 감정으로부터 벗어나게 해주었다. 칙디야크가 이렇게 말하는 소리에 사는 깜짝 놀라 자기만의 생각에서 빠져나왔다.

"내가 어린 소녀였을 때 사람들은 우리 할머니를 이런 식으로 버리고 떠났어. 할머니는 더이상 걸을 수도 없었고 눈도 잘 보이지 않았지. 어찌나 굶주렸던지 사람들은 비틀거리며 걸었지. 어머니는 내게 사람들이 인육을 먹으려 들지 않을까 두렵다고 하셨어. 나는 그런 이야기를 처음 들었지만, 몇몇 사람들이 절박한 나머지 그런 짓을 저질렀다는 이야기를 집안사람들에게 들었다고 하셨어. 나는 공포로 가득차 어머니의 손에 매달렸어. 그즈음 누군가가 내 눈을 똑바로 바라보면 나는 그가 내 존재를 의식하고 나를 먹어야겠다고 생각할까 봐 재빨리 고개를 돌렸어. 정말 얼마나 공포에 떨었던지. 나 역시 배가 몹시 고팠지만, 왠지 그건 큰 문제가 아니었어. 아마 그건 내가 몹시 어렸고, 우리 가족이 모두 내 주위에 있어서였을 거야. 사람들이 우리 할머니를 버리고 가는 문제에 대해 이야기했을 때, 나는 겁에 질렸어. 아버지와 오빠들이 부족의 다른 남자들과 싸웠던 게 기억나. 하지만 텐트로 돌아온 아버지의 표정을 보고 무슨 일이 일어났는지 나는 알았지. 그런 다음 나는 할머니를 바라보았어. 할머니는 앞이 안 보이는 데다가 귀까지 먹어서 무슨 일이 일어나는지 모르고 계신 것 같았어.” 칙디야크는 깊은 숨을 내쉬고 다시 이야기를 이었다.

“사람들이 자신을 짐짝 다루듯이 담요로 몸을 친친 감았을 때 할머니는 무슨 일이 벌어지고 있는지 아셨던 것 같아. 왜냐하면 우리가 야영지를 떠나기 시작했을 때 할머니가 우는 소리를 들었거든.” 그 늙은 여인은 그 기억에 몸서리를 쳤다.

“세월이 흐른 후 나는 오빠와 아버지가 할머니에게 돌아가 숨을 끊어놓았다는 것을 알았어. 그들은 할머니가 고통받는 것을 원하지 않았거든. 그런 다음 그들은 누군가 할머니의 살로 주린 배를 채우려는 생각을 할 경우에 대비해 시신을 태웠어. 우리는 그 겨울을 힘들게 넘길 수 있었지만, 그 시절에 대해 기억나는 건 행복하지 않았다는 것뿐이야. 주린 배를 움켜

쥐어야 했던 다른 때도 기억하지만 그해 겨울만큼 지독했던 때는 없었어."

사는 친구의 고통스러운 추억에 공감하면서 서글픈 미소를 지었다. 그녀 역시 그런 기억이 있었다.

"어렸을 때, 나는 꼭 남자아이 같았어" 하고 그녀가 말을 시작했다.

"나는 언제나 오빠들과 어울렸어. 많은 것을 그들에게서 배웠지. 때때로 어머니는 나를 얌전히 자리에 앉혀놓고 바느질을 시키거나 여인이 되었을 때 알아야 하는 것들을 가르치려고 애쓰셨지. 하지만 아버지와 오빠들이 언제나 나를 구해주었어. 그들은 있는 그대로의 나를 좋아해주었지." 그녀는 지난 일을 떠올리며 미소를 지었다.

"우리 가족은 다른 대부분의 집안과는 달랐어. 아버지와 어머니는 우리에게 하고 싶은 것을 거의 전부 할 수 있게 해주었지. 우리 형제들도 다른 아이들처럼 따분한 잔심부름을 했지만, 그런 일이 끝나고 나면 사방을 돌아다닐 수 있었어. 나는 다른 아이들과는 논 적이 없어. 언제나 오빠들하고만 어울렸지. 나는 자라서 성인이 된다는 게 어떤 건지 잘 몰랐던 것 같아. 왜냐하면 아이로 지내는 게 정말 재미있었거든. 어머니가 나한테 내가 여자가 되지 않았느냐고 물으셨을 때 나는 무슨 말인지 이해할 수가 없었어. 어머니가 나이 얘기를 하시는 거라고 생각했지, 그런 식인 줄은 몰랐던 거야. 여름이 가고 다시 여름이 오자 어머니는 내게 같은 질문을 하시고는 매번 점점 더 걱정스러운 표정을 지으셨지. 나는 그런 어머니의 걱정에 별로 신경을 쓰지 않았어. 하지만 내 키가 어머니만큼 자라고 오빠들과 거의 차이가 나지 않게 되자 사람들이 나를 이상한 눈길로 보기 시작했어. 나보다 어린 여자애들도 이미 짝을 지어 자식이 있었지. 하지만 나는 여전히 아이처럼 자유로웠어."

사는 당시 사람들이 왜 그녀를 그렇게 기묘한 표정으로 바라보았는지를 이제 알고 있었으므로 큰 소리로 웃음을 터뜨렸다.

"사람들이 등뒤에서 나를 비웃는 소리가 들리자 나는 혼란스러웠어. 한편으로는 사람들이 나에 대해 어떻게 생각하든 신경쓰지 않았어. 그래서 내가 하고 싶은 대로 줄곧 사냥을 하고 낚시를 하고 들판을 쏘다녔지. 어머니는 나를 집안에 들어앉혀 집안일을 시키려 애썼지만 나는 반항했어. 오빠들이 이미 짝을 찾았으므로, 어머니를 도와줄 사람은 많지 않느냐고 응수하곤 밖으로 달려나가곤 했어. 어머니가 아버지에게 내 교육을 맡겼을 때, 나는 엄청난 양의 오리와 물고기 혹은 다른 먹을거리를 잡아 나타나곤 했지. 그러면 아버지는 이렇게 말씀하셨어.

'저 애를 내버려두구려.'

이윽고 내 나이가 더 많아져서 여자가 가정을 꾸려야 하는 나이를 지나자, 모두들 나에 대해 수군거렸어. 나는 도대체 그 이유를 이해할 수가 없었지. 왜냐하면 나는 남자와 함께 살지도 않고 아이도 없었지만, 여전히 내 몫의 일을 해서 식량을 조달하고 있었거든. 남자들보다 더 많은 식량을 구해오는 경우도 여러 차례 있었어. 그런데 사람들은 그런 일을 마음에 들어하지 않았어. 그리고 그즈음 내 평생 처음으로 우리는 지독한 겨울을 겪어야 했어. 그해는 올해처럼 추웠지.

아기들이 죽어나갔고, 성인 남자들도 공포에 질리기 시작했어. 아무리 애써도 사냥감을 찾을 수 없었거든. 우리 무리 중에 늙은 여자가 하나 있었는데 그때까지 나는 그 여자에게 거의 주의를 기울이지 않았어. 족장은 우리가 먹을 것을 찾아 떠나야 한다고 결정했지. 그곳에서부터 멀리 떨어진 곳에 순록이 있다는 소문이 돌았어. 그 소문에 모두들 흥분했지.

그 늙은 여인은 스스로 걷지 못해 사람들이 옮겨주어야 했어. 족장은 이런 짐을 원치 않았으므로 그녀를 버리고 간다고 모두에게 말했어. 아무도 그 말에 이의를 제기하지 않았어. 나만 빼고 말이야. 어머니는 내 입을 막으려 하셨지만 나는 당시 어리고 생각이 없었어. 어머니는 나에게 그 결정은 우리 무리 전체를 위해 내려진 거라고 말씀하셨어. 어머니는 냉정하고 감정 없는 이방인 같은 표정으로 내가 더이상 이의를 제기하지 못하게 하려고 애쓰셨지만, 나는 화가 나서 어머니에게 얼굴을 붉히며 소리를 질렀어. 나는 충격을 받고 격노했지. 나는 우리 부족이 판단력이 흐려지고 비겁하다고 느꼈지. 그들에게 그 점을 지적해 이성을 찾게 하는 게 내 일이라고 말이야. 당시 내가 변호하던 늙은 여자는 내가 그때까지 존재조차 모르던 낯선 사람이었어. 나는 사람들에게 그들이 늙고 약해진 늑대를 소외시키는 늑대들보다 나은 점이 뭐냐고 물었지.

족장은 잔인한 사내였어. 나는 줄곧 그를 피해 다니다가 마침내 어느 날 그의 앞에 가 서서 면전에 대고 분노에 차서 소리를 질렀지. 나는 그가 내 두 배로 화를 내는 것을 보았지만, 이미 나온 말을 주워담을 수 없었어. 족장이 나를 좋아하지 않는다는 것을 알고 있었음에도 나는 그의 대답 같은 것은 들으려 하지 않고 계속해서 따졌지. 그의 결정은 잘못된 것이었고 나는 그것을 바로잡으려 했던 거야. 그렇게 말을 계속하는 동안 나는 무리 전체가 충격을 받고 굶주림으로 인한 무기력에서 깨어나고 있다는 것을 의식하지 못했어. 족장이 얼굴에 고통스러운 표정을 띠면서 커다란 손으로 내 입을 막았어.

'좋아, 괴짜 꼬마 아가씨야' 하고 그는 큰 소리로 말했어.

나는 그가 나를 모욕하기 위해 그렇게 불렀다는 것을 알고 있었어. 나는 턱을 치켜들어 내가 여전히 자부심에 넘치고 두려움을 모른다는 것을 그에게 알려주었지.

'그럼 너도 저 늙은 여인과 남아라' 하고 그가 말했어.

어머니가 헉 하고 숨을 멈추는 소리가 들려왔고, 내 심장도 덜컥 내려앉았어. 하지만 나는 굴복하는 대신 눈도 깜빡하지 않고 그의 눈을 쏘아보았어.

우리 가족은 그 말에 깊은 상처를 입었지만, 자존심과 수치심 때문에 그의 말에 반박하지 않았어. 부모님은 무리의 강력한 지도자에게 그렇게 맞서는 딸자식을 원하지 않으셨어. 나는 족장이 강하다고 생각하지 않았어. 그 이후 족장은 내가 존재하지 않는 것처럼 행동했고, 우리 가족을 제외한 모든 이들이 나를 무시했어. 우리 가족은 나한테 지도자에게 사과하라고 간곡히 말했어. 하지만 나는 굽히지 않았지. 다른 사람들이 내 존재를 무시할 때마다 내 자부심은 점점 커져갔고, 나는 그 늙은 여인의 생명을 살려달라고 계속 졸라댔어."

사는 무모했던 어린 자신을 떠올리며 웃음을 터뜨렸다.

"그래서 어떻게 됐는데?" 칙디야크가 궁금해하며 물었다.

사는 잠시 말을 멈추고 그 옛날의 고통스러운 기억을 떠올리며 깊숙이 숨을 들이마셨다. 여전히 가라앉은 목소리로 그녀가 말했다.

"사람들이 떠나고 나자 내 용기도 꺾였어. 여러 마일 밖으로 나갔지만 그 근처에서는 어떤 동물도 찾을 수 없었지. 하지만 나는 좋은 의도가 어떤 결과를 낳는지 보여주겠다고 결심했지. 그래서 그 늙은 여인—나는 그 여인의 이름을 영영 묻지 않았어. 모든 에너지를 살아남는 데 써야 했거든—과 함께 살아남기 위해 쥐든, 올빼미든, 움직이는 것이면 무엇이든 잡아먹었어. 나는 뭐든지 잡아서 우리의 식량으로 삼았어. 그해 겨울 늙은 여인은 죽었어. 그리고 나는 혼자가 되었지. 내 자부심이나 평소의 대범함도 외로움에는 도움이 되지 않았어. 나는 줄곧 나 자신에게 중얼거렸어. 저기 누가 있지? 우리 부족이 돌아와 허공에 대고 중얼거리는 나를 보았다면, 내가 미쳤다고 생각했을 거야. 하지만 지금 당신과 나는 적어도 혼자는 아니잖아."

사가 친구에게 말하자, 친구는 진심으로 그 말에 동의했다.

"그제야 나는 큰 무리와 함께 지내는 일이 중요하다는 것을 깨달았어. 몸이 음식을 필요로 한다면, 마음은 친구를 필요로 하지. 마침내 해가 긴 시간 동안 뜨겁게 대지 위를 길게 비추게 되자 나는 들판 여기저기를 돌아다녔어. 어느 날 내가 평소처럼 혼잣말을 하며 걷고 있는데 누군가 '지금 누구한테 이야기하는 겁니까?' 하고 묻는 소리가 들려왔어. 나는 한순간 그것이 사람의 목소리가 아니라고 생각했어. 나는 걸음을 멈추고 천천히 뒤를 돌아보았어. 키가 크고 강인해 보이는 남자 하나가 팔짱을 낀 채 사내다운 자세로 나를 바라보며 웃고 있었어. 그 순간 여러 가지 감정이 내 머릿속을 지나갔어. 나는 놀라고 당황하는 동시에 화가 났어.

'당신 때문에 깜짝 놀랐잖아요!' 내가 진짜 감정을 숨기려 애쓰며 소리쳤어.

두 뺨이 뜨겁게 타올랐어. 나는 그가 내 말에 속아넘어가지 않으리라는 것을 알았어. 그는 씩 하고 웃는 표정을 풀지 않았거든. 그는 나에게 거기서 혼자 무엇을 하고 있는지 물었고, 나는 지난 이야기를 그에게 들려주었어. 그 순간 나는 그를 믿을 수 있겠다는 느낌이 들었어. 그는 자신도 같은 일을 겪었다고 했어. 다른 점이라면 그가 다른 남자의 짝이 되기로 되어 있는 한 여자를 두고 싸웠다는 거였지. 우리는 함께 오랜 시간을 보냈고, 이윽고 남자와 여자로 짝을 이루어 함께 살았어. 나는 다시는 우리 가족을 보지 못했고, 그로부터 오랜 세월이 지난 후 그와 함께 당신네 무리에 합류했지.

어느 날 그 사람은 곰과 싸워 이기려다가 죽고 말았어. 어리석은 사람 같으니라고."

그녀는 마지못해 감탄사를 내지르며 덧붙였다. 그녀의 얼굴에 깊은 슬픔이 무겁게 내려앉았다.

칙디야크는 친구가 그렇게 슬퍼하는 모습을 처음 보았으므로 침묵을 깨고 이렇게 말했다.

"당신은 나보다는 운이 좋아. 내가 짝짓기에 관심이 없다는 것이 명백해졌을 즈음 나보다 아주 나이가 많은 남자와 함께 살아야 했거든. 내가 잘 알지도 못하는 남자였어. 그로부터 몇 년 후 우리에겐 아이가 생겼지. 그는 지금 나보다 더 늙어서 죽었어."

사가 웃음을 터뜨렸다.

"내가 그들과 더 오랫동안 같이 있었다면, 우리 부족도 나에게 남자를 하나 골라주었을 거야." 잠시 말을 멈춘 다음 그녀가 다시 말을 이었다. "이제 우리는 정말 늙어서 여기 있네. 우리의 뼈마디가 덜그럭거리는 소리가 들려. 그래서 우리는 무리에게 버림을 받았지."

두 여인은 북받치는 감정과 싸우며 다시 침묵 속에 빠졌다. 대지는 추위에 떨고 있었지만 그들은 따스한 잠자리에 누워 있었다. 그들은 자신들이 공유한 경험에 대해 생각했다. 피로에 지쳐 잠에 빠져들 무렵 그들은 둘 다 아까보다 포근한 기분이 되어 있었다. 왜냐하면 상대 역시 힘든 시기를 겪었다는 사실을 새롭게 알게 되어서였다.

태양이 지평선 아래로 점점 낮게 가라앉더니 날이 짧아졌다. 날씨가 점점 추워져서 주위의 나무들이 냉기의 압력으로 무겁게 꺾여 떨어지곤 했고, 그 소리에 두 여인은 여러 차례 튕겨질 듯 놀랐다. 버드나무 가지들조차 추위로 꺾였다. 두 여인은 잘 정착해나가고 있었지만 그들의 기분 역시 음울했다. 그들은 멀리서 울어대는 야생 늑대들이 두려웠다. 그 밖에도 다른 상상 속의 공포 역시 그들을 괴롭혔다. 밤이 천천히 길어짐에 따라 생각할 시간이 많았던 것이다. 짧지만 햇빛이 있는 시간 동안에 두 여인은 억지로라도 움직였다. 그들은 깨어 있는 모든 시간을 높이 쌓인 눈 속에서 땔감을 찾아내는 데 썼다. 먹을 것도 많이 부족했지만 그들의 주된 걱정은 어떻게 몸을 덥히느냐 하는 것이었다. 밤이면 그들은 자리에 앉아 그들을 집어삼키려 위협하는 공포와 외로움에 맞서 서로를 지켜주기 위해 대화를 나누었다. 그들의 부족은 이런 한가한 대화에 귀중한 시간을 쓰는 일이 거의 없었다. 그들이 이야기를 하는 것은 교제를 하기 위해서라기보다는 정보나 의사를 전달하기 위해서였다. 하지만 두 여인은 긴 저녁나절 동안 예외를 만들었다. 그들은 이야기를 했다. 그들이 상대의 힘겨운 과거에 대해 알게 되자 서로에 대한 존중의 마음이 커져갔다.

며칠이 지난 후 두 여인은 토끼를 더 잡을 수 있었다. 제대로 된 식사를 한 지 한참이 지나서였다. 그들은 가문비나무 가지를 끓여 만든 민트 향이 나는 차로 그럭저럭 원기를 유지했지만 그것은 뱃속을 얼얼하게 만들었다. 그렇게 굶은 다음 단단한 음식을 먹는 게 위험하다는 것을 알고 있었던 두 여인은 우선 토끼 고기를 끓여 영양이 풍부한 수프를 만들어 천천

히 마셨다. 하루 동안 꼬박 그 수프를 마신 후에야 두 여인은 조심스럽게 소금에 절인 토끼 고기를 먹기 시작했다. 며칠이 지나자 그들은 좀더 많은 양을 먹을 수 있었고, 얼마 지나지 않아 평소의 기운을 회복할 수 있었다.

야영지 주위에 땔감 더미가 바리케이드처럼 높이 쌓인 다음에야 그들은 먹을 것을 찾는 데 더 많은 시간을 할애할 수 있었다. 그들이 젊은 시절 배운 사냥 기술이 되살아났다. 매일같이 두 여인은 야영지에서 더 멀리 떨어진 곳으로 가서 토끼 덫을 놓고 자신들이 잡을 만한 크기의 다른 동물들의 자취가 없는지를 살폈다. 그들이 배운 규칙 중의 하나는 일단 동물을 잡기 위해 덫을 놓았다면 규칙적으로 그 덫들을 점검해야 한다는 것이었다. 덫을 놓기만 하고 방치하는 것은 불운을 초래한다. 그래서 날이 몹시 춥고 몸이 편치 않음에도 불구하고 두 여인은 매일 자신들이 놓은 덫을 점검했고, 대개는 그 보상으로 토끼 한 마리 정도를 발견하곤 했다.

어둠이 내려 하루의 노동이 완수되면 두 여인은 토끼털로 담요를 만들기도 하고 장갑이나 얼굴 보호대 같은 옷가지들을 만들었다. 때로는 지루함을 깨기 위해 토끼털 모자나 장갑을 서로에게 선물하기도 했다.

날이 천천히 흘러가 겨울 날씨가 그 날선 기운을 잃었다. 두 여인은 감미로운 순간을 음미했다—그들은 겨울을 무사히 넘긴 것이다! 잃었던 기운을 되찾은 그들은 이제 드넓은 들판을 돌아다니며 땔감을 더 모으고 토끼 덫을 점검하고 다른 동물들을 찾느라 바빴다. 두 여인은 불평하는 버릇을 버린 지 오래였지만, 매일같이 반복되는 토끼 덫 돌보기가 점점 싫증이 나자, 버들뇌조나 나무다람쥐, 비버 고기 같은 다른 먹을거리를 구할 생각을 하게 되었다.

어느 날 아침 잠에서 깬 칙디야크는 뭔가 평소와 다른 느낌이 들었다. 그녀는 심장 박동이 빨라지는 것을 느끼며 천천히 자리에서 일어나 최악의 일을 상상하며 텐트 밖을 내다보았다. 처음에는 모든 것이 정지해 있는 것처럼 보였다. 이윽고 그녀는 문득 그다지 멀지 않은 곳에서 바닥에 떨어진 나뭇가지를 쪼아대고 있는 버들뇌조 한 무리를 발견했다. 그녀는 떨리는 손으로 자신의 바느질 꾸러미에서 소리 나지 않게 길고 얇은 가죽끈 하나를 꺼내들고 천천히 텐트 밖으로 기어나갔다. 근처의 나무더미에서 긴 나뭇가지 하나를 골라 그 끝에 올가미를 만든 다음 새들을 향해 기어가기 시작했다.

그녀의 존재를 감지한 새들이 신경질적으로 깍깍거리기 시

작했다. 새들이 금방이라도 날아오르려 한다는 것을 알고 칙디야크는 그들이 경계심을 풀도록 잠시 걸음을 멈추었다. 이제 그녀는 새들 가까이 와 있었다. 그녀는 사가 잠에서 깨어 소리를 내어 새들을 쫓아버리지 않기를 바랐다. 무릎이 아프고 두 손이 불안정하게 흔들렸지만 칙디야크는 나뭇가지를 천천히 앞으로 밀었다. 몇 마리의 뇌조들이 놀라서 근처의 또 다른 버드나무 가지들 더미로 날아가버렸다. 하지만 그녀는 그 새들을 무시하고 나뭇가지를 천천히 들어올리는 일을 계속했다. 남아 있던 새들의 걸음이 빨라졌다. 칙디야크는 가장 가까이에 있는 뇌조에게 집중했다. 그 새는 올가미를 향해 종종거리며 걸어오더니 앞뒤로 고갯짓을 했다. 다른 새들이 시끄럽게 달려가며 날아오르는 동안 칙디야크는 올가미를 앞으로 밀었다. 새의 머리가 그 안으로 들어가는 순간 그녀는 나뭇가지를 재빨리 위로 들어올렸다. 새는 꽥꽥거리며 몸을 버둥거렸지만 이내 축 늘어지고 말았다. 칙디야크는 한 손에 잡은 뇌조를 들고 몸을 일으켜 텐트로 돌아왔다. 친구의 얼굴이 웃음으로 환해졌다. 칙디야크도 웃음으로 답했다.

칙디야크는 주위를 둘러보다가 대기에서 따뜻한 기운을 느꼈다.

“날씨가 점점 좋아지네.” 사가 부드럽게 말하자, 나이가 더 많은 친구의 눈이 놀라움으로 휘둥그레졌다.

“날씨가 풀렸다는 걸 아까 깨달았어야 했는데. 추운 날씨에 그렇게 여우처럼 기어갔었다면 얼어 죽고 말았을 거야.”

그 말에 두 여인은 큰 소리로 웃고는 텐트로 돌아와 잡아온 뇌조로 음식을 만들기 시작했다. 그날 이후 날씨는 살을 에는 듯 추운 날과 따뜻하고 눈 오는 날 사이를 변덕스럽게 왔다갔다했다. 새를 더 잡지 못했어도 그들은 기운이 꺾이지 않았다. 왜냐하면 날이 점차 길어지고 따뜻해지고 환해지고 있었던 것이다.

이 지도 위의 길들은 내 어머니의 도움을 받아, 흔히 쓰는 유콘 평야 지역의 지도를 보고 그린 것이다. 이 겨울 여정은 역사적 사실과 정확하게 부합하지는 않지만, 그위친족이 서구 문명을 만나기 이전 오랜 세월 동안 여행했던 경로를 보여준다.

그위친족은 수많은 겨울과 여름에 걸쳐 이 길을 오갔다. 젊은 세대들이 지름길을 찾기도 하고 여러 자연 재해가 있었지만, 이 여정은 오랜 세월 동안 잊히지도 달라지지도 않았다.

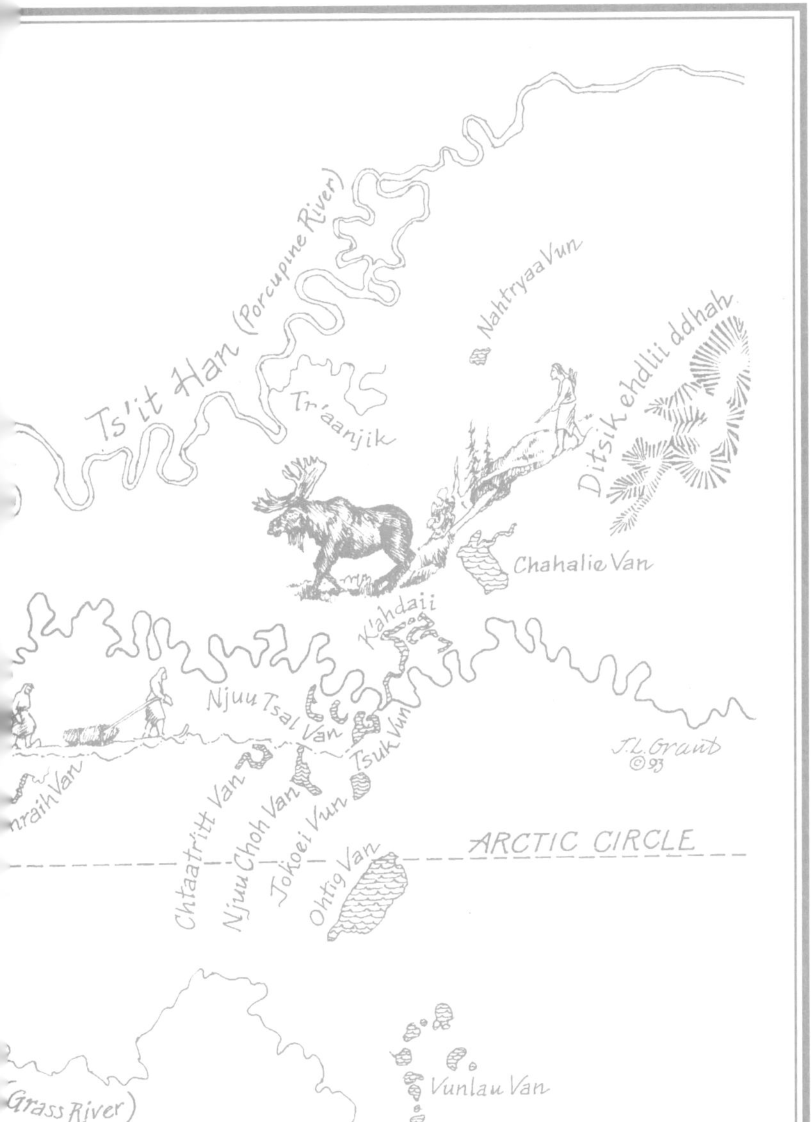

Ts'it Han (Porcupine River)

Nahtryaa Vun

Tr'aanjik

Ditsikehdlii ddhah

Chahalie Van

K'ahdaii

Njuu Tsal Van

Tsuk Vun

nraih Van

Chtaatr'itt Van

Njuu Choh Van

Tokoei Vun

Ohtig Van

ARCTIC CIRCLE

J.L. Grant
©93

Grass River)

Vunlau Van

5장

물고기 저장고를 만들다

얼마 지나지 않아 겨울은 가고, 두 여인은 사냥 일에 더 많은 시간을 보냈다. 그들은 이 나무에서 저 나무로 폴짝폴짝 뛰어다니는 혈기왕성한 작은 다람쥐들과 도처에서 볼 수 있는 버들뇌조들을 잡아 성찬을 벌였다.

봄의 따스한 날들과 더불어 사향쥐 사냥의 때가 왔다. 두 여인은 오래전 그에 필요한 기술과 끈기를 배운 바 있었다. 우선 특수 그물과 덫을 만들어야 했다. 버드나무 가지를 구부려 원 모양으로 만들어 끝을 단단히 묶었다. 그런 다음 큰사슴 가죽을 가늘게 가른 끈을 엮어 성글지만 튼튼한 그물을 만들어 그 틀에 연결했다. 두 여인은 어느 날씨 좋은 날 사향쥐 굴을 찾아 나섰다.

그들은 오랫동안 걸어 이윽고 사향쥐들의 흔적이 있는 작은 웅덩이들이 모여 있는 곳에 이르렀다. 그들은 녹고 있는 얼음 위로 작고 검게 덩어리진 사향쥐의 집이 보이는 웅덩이 하나를 점찍었다. 사향쥐의 굴이 어디 있는지를 가늠한 다음 두 여인은 땅속의 통로 양쪽 끝을 긴 나뭇가지로 찍었다. 그 나뭇가지가 움직인다는 것은 곧 사향쥐가 그 아래의 굴을 지나고 있다는 뜻이었다. 사향쥐가 입구로 고개를 내미는 순간 두 여인 중의 하나가 그물로 쥐를 잡아챈 다음 머리를 내리쳐 죽일 터였다. 첫날 두 여인은 사향쥐 열 마리를 잡았다. 하지만 몸을 웅크리고 망을 보는 일이 너무 힘이 들어 기운이 다 빠졌으므로 돌아오는 길이 무척 멀게 느껴졌다.

봄 동안에는 지난날을 회고하거나 이야기를 나눌 시간이 거의 없었다. 두 여인은 사향쥐나 비버를 잡느라 몹시 바빴다. 그들은 잡은 것들을 훈제해서 보관했다. 그들은 어찌나 바쁘게 일했던지 느긋하게 식사를 할 시간조차 없었고 밤이면 깊이 잠들었다. 이윽고 그들은 사향쥐나 비버를 충분히 잡았다고 판단하고 모든 짐을 꾸려서 그것을 끌고 그들의 주 거주지로 돌아갔다.

두 여인은 여전히 자신들의 삶이 불안하다고 느꼈다. 지금 그 지역은 살아 있는 동물들이 많은 곳이었으므로, 조만간 다른 사람들이 올 수 있었던 것이다. 여기에서 다른 사람들이

J.L. Grant.

란 자신들의 부족을 뜻했다. 혹독한 겨울날 버려진 두 여인은 자기들보다 젊은 세대에 맞서 대항하기란 역부족이라고 느꼈고, 그들에 대한 믿음을 잃었다. 다시는 그들에 대한 믿음을 회복할 수 없으리라는 것을 두 여인은 알고 있었다. 누군가 그들에게 다가와 그들이 비축해놓은 식량이 점점 더 늘어나고 있음을 알아챘다면 무슨 일이 벌어질지 걱정스러웠다. 그들은 자신들이 어떻게 해야 할지를 의논한 다음 더 늦기 전에 사냥감이 적은 다른 곳으로 이동해야 한다는 데 동의했다. 그러니까 다른 사람들이 굳이 탐사하고 싶어하지 않는 곳, 귀찮은 여름 벌레떼 때문에 지내기 어려운 그런 곳으로 가야 했다.

두 여인은 빽빽한 버드나무 군락과 숲속에서 그들을 기다리고 있는 피에 굶주린 모기떼를 만나야 한다는 것이 반갑지 않았다. 하지만 사람에 대한 두려움이 더 컸다. 그래서 그들은 내키지는 않지만 모든 짐을 꾸려서 사람들 눈에 띄지 않는 곳을 찾아 길을 떠났다. 그들은 모기가 물지 않는, 햇볕이 뜨거운 낮 동안 일을 하기로 결정했다. 밤이면 그들은 날벌레들로부터 자신들을 보호하기 위해 연기 나는 모닥불을 피워놓고 그 앞에 앉았다. 야영지를 옮기는 데에는 여러 날이 걸렸지만 마침내 두 여인은 시냇가에 서서 바람이 그들이 머문 흔적을 지워주기를 바라며 마지막으로 주위를 둘러볼 수 있었다.

떠나기를 결정하기에 앞서 두 여인은 주변의 자작나무에서 엄청난 양의 껍질을 벗겨냈는데, 이제 그들은 그것이 실수였다는 것을 깨달았다. 늘 해오던 대로 껍질을 벗길 나무를 고를 때에 충분한 간격을 두긴 했지만, 누군가 주의 깊게 살펴본다면 사람의 흔적을 포착할 수 있으리라는 것을 두 여인은 알았다. 하지만 그들은 또한 그에 대해서는 할 수 있는 일이 없다는 것도 알고 있었다. 그들은 체념하고 그곳을 떠나 잡목숲으로 둘러싸인 살기 불편한 다른 장소를 찾아 떠났다.

두 여인은 그해 봄의 나머지 나날들을 자신들의 새로운 거처를 좀더 쾌적한 곳으로 만들며 보냈다. 그들은 키 큰 가문비나무들이 만들어주는 깊숙한 그늘 아래, 버드나무 가지들이 드리워져 밖에서는 보이지 않는 곳에 거처를 만들었다. 그런 다음 시원한 장소를 찾아 깊은 구덩이를 파고 버드나무 가지를 채운 다음 여름을 위해 말려놓은 고기 저장고를 내려놓았다. 또한 후각이 예민한 포식자들을 쫓아버리기 위해 그 위에 두어 개의 덫을 놓았다. 모기들은 도처에 있었다. 일을 할 때면 두 여인은 산 채로 먹히지 않기 위해, 그리고 그들 자신을 보호하기 위해 조상 대대로 내려온 방법에 의존했다. 그들은 얼굴 주위에 여러 가닥의 가죽끈을 늘어뜨리고, 작은 곤충이 물지 못하게 두꺼운 옷을 입었다. 요란하게 달려드는 날아다니는 해충 떼를 물리치기 위해 사향쥐 기름을 피부에 발랐다. 그동안 그들은 물을 길어오는 시내로 통하는 숨겨진 작은 오솔길을 찾아내 그 길의 지도를 만들어두었는데, 여름이 다 가옴에 따라 그곳에 물고기를 잡을 주머니를 설치했다. 물고기 주머니를 설치하고 나자 그들은 번거롭게 물고기를 잡을 필요가 없었다. 그저 시내로 가서 주머니 안에 잡힌 물고기를 손질해 말리기만 하면 되었다. 그러는 동안 곰 한 마리가 두 여인이 저장해둔 물고기들을 먹기 시작했다. 이 사건으로 그들은 걱정을 했지만 다행히 너무 늦지 않게 그 곰과 협상하는데 성공했다. 그들이 물고기 내장을 거처에서 먼 곳에 가져다 놓자, 곰은 그것들을 여유 있게 즐기며 먹을 수 있었다.

얼마 지나지 않아 태양이 오렌지빛으로 시원하게 지평선에 드리워졌다. 두 여인은 여름이 지나가고 있음을 알았다. 이번에는 산란하는 연어들이 그 작은 시내를 거슬러올라가기 시작했다. 두 여인은 몹시 기뻤다. 한동안 그들은 발그레한 연어 살과 씨름을 하느라 바빴다. 곰은 그 지역에서 모습을 감추었지만 두 여인은 여전히 물고기의 내장을 먼 곳에 갖다 두었다. 만약 곰이 그것들을 먹지 않는다 하더라도, 도처에서 볼 수 있는 큰까마귀가 머지않아 그것들을 먹어치울 터였다. 두 여인은 또한 알뜰했다. 그들은 물고기 내장의 여러 부분을 다른 용도로 갈무리했다. 예를 들어 연어의 내장은 물주머니로 사용할 수 있었고, 껍질로는 말린 물고기를 담을 둥근 주머니를 만들 수 있었다. 이런 일감들로 몹시 바빴으므로 그들은 아침 일찍부터 밤늦게까지 움직여야 했다. 이윽고 알아채지 못하는 사이에 짧은 극지방의 여름이 지나고 다시 가을이 왔다.

계절이 바뀌자 두 여인은 고기 잡는 일을 그만두고 엄청난 양의 저장 식량을 밖에서는 잘 보이지 않는 거처로 끌고 왔다. 그곳에서 그들은 새로운 문제에 봉착했다. 그들이 잡아놓은 물고기의 양이 너무 많아서 더이상 저장할 공간이 없었던 것이다. 겨울이 다가옴에 따라 그곳에는 겨울 식량을 구하려는 체구가 작은 동물들이 줄곧 출몰했다. 마침내 두 여인은 고정된 물고기 저장고를 만들고 동물들이 접근하는 것을 막기 위해 그 아래에 가시와 가지들을 잔뜩 쌓아두었다. 이 방법이 효과가 있었는지 아니면 운이 좋았던 것인지 그들의 저장소는 동물들의 약탈을 피할 수 있었다.

거처에서 먼 숲 뒤쪽에 두 여인이 아직 가보지 못한 낮은 언덕이 있었다. 여름 사냥이 끝난 어느 날, 사는 그 언덕 위나 그 주위에는 또 어떤 것들이 있을까 궁금해졌다. 그래서 그녀는 자신들이 만든 화살과 활, 창을 들고 그 언덕에 가보겠다고 말했다. 칙디야크는 친구가 그곳에 가는 것이 썩 달갑지 않았지만, 그녀가 쉽게 단념하지 않으리라는 것을 알 수 있었다.

"모닥불을 꺼뜨리지 말고 창을 손닿는 곳에 둬. 그럼 괜찮을 거야." 길을 떠나면서 사가 칙디야크에게 말했다. 칙디야크는 마뜩잖다는 듯이 고개를 내저었다.

그날 사는 까마득한 기억 속의 시간으로 거슬러올라간 듯 정말 오랜만에 처음으로 마음이 날아갈 것처럼 가벼웠다. 마치 어린아이처럼 그녀는 그 느낌을 만끽했다. 아름다운 날씨였다. 나뭇잎들은 밝은 황금빛으로 변하고 있었고, 대기는 보송하고 맑았다. 사는 한 동물의 흔적을 좇아 뛰다시피 걸었다. 누군가 멀리서 그녀의 모습을 보았다면, 사가 그렇게 늙은 여자인지는 몰랐으리라. 그 정도로 그녀는 유연하고 기운찼다. 언덕 꼭대기에 이르렀을 때 그녀는 놀라서 헉 하고 숨을 멈추었다. 그녀 앞에 크랜베리 덤불이 드넓게 펼쳐져 있었던 것이다. 사는 무릎을 꿇고 앉아 그 작고 붉은 열매를 한 줌씩 따서 입속으로 밀어넣었다. 그녀가 그 맛있는 열매를 게걸스럽게 먹고 있을 때, 근처의 덤불에서 뭔가 움직이는 소리가 들려왔다. 그녀는 그 자리에 얼어붙었다.

사는 최악의 경우를 상상하면서 소리 나는 쪽을 향해 천천히 고개를 들었다. 소리를 낸 것이 황소사슴이라는 것을 알고 그녀는 마음을 놓았다. 하지만 다음 순간 그녀는 한 해의 이 시기에 네발짐승 가운데에서 황소사슴만큼 포악한 동물도 없다는 사실을 기억해냈다. 이 황소사슴은 대개 온순하지만 발정기 때에는 자기 앞에 걸리적거리는 것이면 사람이든 뭐든 두려워하지 않았다.

그 사슴은 자기 앞에 서 있는 그 작은 여인을 보고 놀라서 어떻게 해야 좋을지 모르겠다는 듯이 오랫동안 그 자리에서 움직이지 않았다. 심장 박동이 거의 정상으로 돌아오자, 사는 이제 다가올 긴 겨울 몇 달 동안 사슴고기만 먹는다면 얼마나 맛있을지를 상상했다. 그것이 얼마나 무모한 시도인지 채 깨닫지 못한 그녀는 다음 순간 화살통에서 화살 하나를 꺼내 활에 장착했다. 사슴은 소리 나는 쪽으로 두 귀를 펄럭이더니

J.L. Grant

반대방향으로 달리기 시작했다. 사가 쏜 화살은 아무것도 맞히지 못하고 부드러운 땅에 꽂혔다.

사는 기세를 몰아 큰사슴을 쫓아갔다. 그녀는 젊을 때처럼 힘차게 달릴 수 없었다. 달리기라기보다는 절뚝거리는 경보에 가깝긴 했지만 어쨌든 그녀는 그 커다란 짐승을 시야에서 놓치지 않을 수 있었다. 큰사슴은 땅에 눈이 아주 많지만 않다면 언제든 사람보다 빨리 달릴 수 있었다. 땅에 눈이 없는 그날 큰사슴은 사보다 훨씬 앞섰다. 사는 숨을 헐떡이며 달렸지만 매번 큰사슴의 커다란 엉덩이가 덤불 속으로 모습을 감추는 것을 보아야 했다. 그 커다란 황소사슴은 마치 사와 경주라도 벌이는 것처럼 여러 차례 걸음을 멈추었고, 사가 거의 따라잡았다고 느끼는 바로 그 순간 다시 한번 앞으로 펄쩍 내달았다. 대개 큰사슴들은 종류를 막론하고 모든 포식자들로부터 가능한 한 멀리 달아난다. 하지만 오늘 그 큰사슴은 달리는 게 그다지 내키지 않는 듯했고, 자신이 위협당하고 있다고 느끼지도 않는 듯했다. 그래서 그 늙은 여인은 그 큰사슴을 시야에서 줄곧 놓치지 않을 수 있었다. 그녀는 자신이 그 큰사슴의 상대가 되지 못한다는 것을 알고 있었지만, 고집스럽게 추적을 포기하지 않았다. 저녁이 다 되어갈 무렵 큰사슴은 그 게임에 싫증이 난 듯, 검붉은 눈으로 그녀를 째려보더니 한쪽 귀를 뒤집으며 속도를 내기 시작했다. 마침내 사는 자신이 그 동물을 잡을 수 없다는 사실을 인정하지 않을 수 없었다. 그녀는 패배감에 젖어 텅 빈 덤불을 물끄러미 응시했다. 천천히 발길을 돌리며 그녀는 속으로 생각했다. '사십년만 젊었더라면 저 녀석을 잡을 수 있었을 텐데.'

사가 거처로 돌아온 것은 늦은 밤이었다. 친구는 모닥불을 크게 피워놓고 줄곧 주변을 살피고 있었다. 사가 가문비나무 가지 뭉치 위로 털썩 주저앉자 칙디야크는 소리치지 않을 수 없었다.

"네 걱정을 하느라 수명이 십 년은 줄었을 거야." 목소리에 책망의 기미를 담긴 했지만 칙디야크는 친구가 무사히 돌아온 것에 깊이 안도했다.

자신이 얼마나 어리석게 행동했던가를 깨달은 사는 친구가 얼마나 불안했을지 알 수 있었다. 그녀는 스스로가 부끄러웠다. 칙디야크가 그녀에게 따뜻한 물고기 수프 한 사발을 내밀었다. 사는 그것을 천천히 먹었다. 기운이 조금 회복되자 사는 자신이 그날 하루를 어떻게 보냈는지 칙디야크에게 말해주었다. 친구가 긴 다리를 가진 황소사슴을 뒤쫓는 장면을 상상하며 칙디야크는 웃음이 났지만, 웃음을 절제했다. 다른 사람을 비웃는 것은 그녀의 천성에 어긋나는 일이었던 것이다. 사는 그런 그녀가 고마웠다. 크랜베리 덤불을 기억해낸 그녀는 그 엄청난 발견에 대해 친구에게 말해주었고 두 사람은 몹시 기뻐했다.

사가 큰사슴과 벌인 모험의 후유증에서 회복되는 데에는 며칠이 걸렸다. 그동안 두 여인은 조용히 앉아서 자작나무 껍질을 엮어 커다란 원형 채반을 만들었다. 그런 다음 그들은 그 언덕으로 가서 가져올 수 있을 만큼 많은 크랜베리를 땄다. 그즈음 가을이 깊어지면서 밤이면 기온이 뚝 떨어졌다. 두 여인으로서는 겨울 땔감을 모아들이는 데 우물쭈물할 시간이 없었다.

그들은 자신들의 식품 저장소와 주거지 주위에 땔감을 높이 쌓았다. 텐트 주위의 쓸 만한 나뭇가지들을 모두 모으고 나자 그들은 숲속 깊은 곳으로 들어가 나뭇짐을 몇 개 더 만들어 등에 짊어졌다. 이 일을 반복하는 동안 하늘에서 눈발이 날리기 시작했고, 어느 날 잠에서 깨었을 때 두 여인은 온 천지가 눈으로 하얗게 덮인 것을 보았다. 이제 정말 겨울이 가까워진 것이다. 두 여인은 따뜻한 모닥불을 피워놓고 그 옆에서 더 많은 시간을 보냈다. 겨울 준비를 끝내자 하루하루를 보내기가 한결 쉬워진 듯했다.

두 여인은 낮이면 언제나처럼 땔감을 모으고 토끼 덫을 확인하고 눈을 녹여 물로 만들었고, 저녁이면 함께 모닥불 가에 앉아 시간을 보냈다. 지난 여러 달 동안 두 여인은 너무 바빠서 자신들에게 일어난 일에 대해 제대로 생각할 여유가 없었다. 그리고 그런 생각이 뇌리를 스치기라도 하면 그들은 즉각 그 생각을 떨쳐냈다. 하지만 이제 그들은 저녁나절에 달리 할 일이 없었고, 그 반갑잖은 생각들은 끊임없이 다시 수면 위로 떠올랐다. 마침내 얼마 지나지 않아 두 여인은 각자 생각에 잠겨서 자그맣게 타오르는 모닥불을 바라보며 조금씩 그 이야기를 하기 시작했다. 그들은 자신들을 버린 이들을 떠올리는 것이 금기라고 느꼈지만, 이제 그들의 마음은 거센 생각의 물살에 휩쓸렸다.

밤이 점점 길어졌고, 대지는 적막하고 고요해졌다. 두 여인이 그들의 긴 하루를 일로 채우기 위해서는 엄청난 집중력이 필요했다. 그들은 토끼털로 벙어리장갑, 모자, 얼굴 가리개 같은 많은 물건들을 만들었다. 하지만 그럼에도 불구하고 그들은 엄청난 외로움이 서서히 그들을 에워싸는 것을 느꼈다.

6장

부족 가운데에서의 슬픔

족장은 깊은 슬픔 때문에 더 늙어 보이는 모습으로 주위를 둘러보며 서 있었다. 지금 그의 부족은 절망적인 상태였다. 그들의 수척한 얼굴은 눈과 볼이 푹 꺼져 있었고, 넝마가 된 그들의 옷은 살을 에는 추위로부터 그들의 몸을 제대로 보호해 주지 못했다. 그들 중 많은 이들이 동상에 걸려서 고생하고 있었다. 행운이 그들에게 등을 돌렸다. 줄곧 절박하게 사냥감을 찾아 떠돌던 그들은 자신들이 지난겨울 두 여인을 버렸던 곳으로 되돌아와 있었다. 족장은 당시 자신이 발길을 돌려 그 늙은 여인들을 구하고 싶은 충동과 어떻게 싸웠던가를 서글픈 마음으로 회상했다. 하지만 그들을 다시 무리 속으로 데려오는 것은 그가 절대로 해서는 안 될 일이었다. 야심만만하고 젊은 많은 사내들이 그것을 나약한 행동으로 간주할 터였다. 그리고 사태가 그렇게 된다면 그들 부족은 지도자에 대한 믿음을 쉽게 잃고 말 것이다. 그랬다, 이런 시기에 지도층에 극단적인 변화가 생기는 것은 굶주림보다 더 치명적이라는 것을 족장은 알고 있었다. 왜냐하면 무리가 굶주릴 때 잘못된 결정은 더 많은 재난을 불러올 터였으므로. 족장은 자신이 약해졌던 끔찍한 순간을 기억했다. 자신이 감정적으로 행동해서 그들 모두를 파멸시킬 뻔했던 순간을.

이제 또다시 부족이 고통받고 있었다. 이번 겨울에 그들은 절망의 벼랑으로 내몰렸다. 두 늙은 여인을 버리고 길을 떠난 부족은 고통스러운 긴 행군 끝에 작은 순록 떼를 만났다. 그 고기로 그들은 봄까지 연명했고, 봄이 오자 물고기와 오리, 사향쥐, 비버를 잡기 시작했다. 하지만 그들이 다시 에너지를 충전해 사냥을 하고 식량을 햇볕에 말려 겨울 준비를 시작할 즈음 여름이 끝나버렸다. 겨울을 날 식량이 되어줄 동물을 찾을 수 있는 곳으로 이동을 생각해야 할 때였다. 족장은 이렇게까지 운이 나쁜 경우를 알지 못했다. 그들이 이동하는 동안 가을이 왔다 갔고, 그 무리에게는 다시 한번 식량이 거의 바닥나고 말았다. 이제 족장은 공포와 자기 회의의 감정을 느끼며 지친 눈길로 사람들을 바라보았다. 그는 얼마나 오래 버틸 수 있을까? 머지않아 그 역시 자신의 결단력을 약화시키는 허기와 피로 속에 표류하고 말리라. 부족은 살아남으려는 노력을 포기한 것 같았다. 그들은 더이상 그가 하는 말을 들으려 하지 않고 그가 터무니없는 말을 하고 있다는 듯 흐릿한 눈길로 그를 물끄러미 응시할 뿐이었다.

족장의 마음을 어지럽히는 또다른 문제는, 늙은 두 여인을 버리고 떠난 이 장소로 돌아오자고 한 자신의 결정이 과연 옳았는가 하는 것이었다. 그가 이곳으로 부족을 이끌었을 때 아무도 이의를 제기하지 않았지만, 사람들이 그런 결정에 놀랐다는 것을 족장은 알고 있었다. 이제 그들은 그로부터 뭔가를 기대하고 있는 듯이, 혹은 그 두 여인을 발견하기를 기대하기라도 한 것처럼 주위를 둘러보며 서 있었다. 족장은 자신도 그들만큼이나 혼란스러워하고 있다는 사실을 알리고 싶지 않아서 그들의 눈길을 피했다. 그곳에는 아무 흔적도 남아 있지 않았다. 늙은 여인들이 죽었다는 것을 말해주는 뼛조각 하나도 없었다. 짐승이 그들을 잡아먹었다 해도 그곳에서 사람이 죽었음을 알리는 무엇인가가 분명히 남아 있을 터였다. 하지만 그곳에는 아무것도 없었다. 두 여인이 쓰던 텐트마저도.

부족 중에 다구라는 이름의 안내자가 있었다. 그는 두 늙은 여인보다는 젊었지만 역시 나이가 많아 무리의 어른으로 간주되었다. 젊은 시절 다구는 유능한 사냥감 추적자였지만, 나이가 먹어 눈이 나빠지고 기술이 무뎌졌다. 아무도 인정할 수 없었던 것을 입 밖에 내서 말한 사람은 바로 그였다.

"아마도 두 사람은 어딘가로 옮겨간 것 같소." 그는 족장에게만 들리도록 나직하게 말했다.

하지만 침묵 속에서 많은 이들이 그의 말을 들었고, 그중 몇몇은 많은 이들의 사랑을 받던 두 여인이 살아 있으리라는 일말의 희망을 품었다.

텐트를 설치한 후 족장은 그 안내자와 무리 중 가장 강한 사냥꾼 세 사람을 불렀다.

"무슨 일이 일어나고 있는지 나는 잘 모르겠소만, 보이는 것과는 다른 일이 벌어지고 있다는 느낌이 든다오. 당신들이 이 근처의 야영지로 가서 뭐든 찾아봤으면 좋겠소."

족장은 자신이 무엇을 찾기를 바라는지에 대해 꼭 집어 말하지 않았다. 하지만 그는 안내자와 세 사냥꾼이 자신의 말뜻을 알아들으리라는 것을 알았다. 특히 다구는 오랫동안 족장을 지켜보았으므로 그의 심중을 알 터였다. 다구는 족장을 존경했고, 족장이 직무상 어쩔 수 없었다 해도 그 늙은 여인들을 버리고 간다는 결정을 내린 스스로에 대한 혐오감에 시달리고 있다는 것을 알았다. 그는 또 족장이 그런 자신의 나약함을 경멸한다는 것도 알고 있었다. 족장의 얼굴에 굵은 주름이 잡히고 비통한 표정이 떠올라 있었던 것이다. 늙은 안내자는 한숨을 내쉬었다. 그런 자기혐오의 감정은 머지않아 족장에게 타격을 입힐 터였다. 그는 족장처럼 선한 사내가 이런 식으로 스스로를 파멸로 몰고 있다고 생각하자 마음이 아팠다. 그랬다, 그는 두 늙은 여인에게 무슨 일이 일어났는지 알아내기 위해 최선을 다할 터였다. 그 노력이 수포로 돌아갈지라도.

네 사람은 야영지를 떠났다. 족장은 그들의 뒷모습을 오래도록 응시했다. 그는 자신이 왜 귀중한 에너지와 시간을 결과도 확실치 않은 이런 일에 낭비하는 것인지 정확한 이유를 알 수 없었다. 하지만 그 역시 기묘하게도 한줄기 희망을 포기할 수 없었다. 족장이 확실히 아는 건 다만 부족이 어려운 시기에 한데 뭉쳤어야 한다는 것, 지난겨울 그들은 그러지 못했다는 것뿐이었다. 그들은 그들 자신과 두 늙은 여인에게 부당한 짓을 저질렀다. 그날 이후 입 밖에 내어 말하지는 않았지만 부족 전체가 그 일로 고통받고 있음을 그는 알고 있었다.

두 여인이 어딘가에 살아남아 있다면 좋은 일이겠지만, 족장은 그런 가능성이 희박한 일에 희망을 품어서는 안 된다는 것도 알았다. 살을 에는 추위 속에서 먹을 것도 없고 사냥할 힘도 없는 두 약한 존재가 어떻게 살아남는단 말인가? 족장은 그 사실을 인정하면서도 힘든 몇 달 동안 새로 갖게 된 한줄기 희망을 잠재울 수가 없었다. 살아 있는 두 여인을 찾는다면 부족들에게 두번째 기회가 될 것이고, 아마도 그것이 그가 가장 바라는 일일 터였다.

네 사람은 모두 먼 거리를 달리도록 훈련을 받은 이들이었다. 지난해 두 여인이 여러 날을 걸려 이동한 거리를 네 사내는 단 하루에 답파했다. 하지만 그들은 끝없는 눈과 나무들뿐 아무것도 발견하지 못했다. 그들은 자신들이 지쳤다는 것을 깨닫고 그날 밤을 그곳에서 보내기로 결정했다. 다음날 동이 트자마자 네 사내는 잠에서 깨어 다시 달리기 시작했다.

땅거미가 내릴 무렵 네 사내는 두 늙은 여인의 두번째 야영지에 이르렀다. 젊은 사냥꾼들은 그 텐트가 최근 사용되었다는 증거를 전혀 찾을 수 없었다. 초조감이 그들을 휩쌌다. 그들은 어릴 때부터 연장자를 존경하도록 교육받았지만, 때때로 자신들이 늙은 사람들보다 더 많이 안다고 생각했다. 입 밖으로 내어 말하지는 않았지만 그들은 귀중한 시간을 이렇게 낭비할 게 아니라 큰사슴 사냥을 나서야 한다고 느꼈다.

"이제 돌아가는 게 어떨까요." 젊은이들 중 하나가 말했고, 다른 이들도 서둘러 그 말에 동의했다.

안내자의 눈에 재미있어하는 듯한 빛이 떠올랐다. 이들은 어쩌면 이렇게도 참을성이 없단 말인가! 하지만 다구는 다른 이들을 비판하지 않았다. 왜냐하면 그 역시 젊은 시절 조바심을 내지 않았던가. 꾸짖는 대신 그는 이렇게 말했다.

"좀더 자세히 주위를 둘러보게."

젊은이들은 초조한 듯 그를 바라보았다.

"저 자작나무들을 자세히 봐." 다구가 다시 말하자 젊은이들은 멍한 눈길로 나무들을 바라보았다.

그들의 눈에는 특별한 점이 전혀 없었다. 다구는 한숨을 내쉬었다. 그것을 본 젊은이 중 하나가 노인이 무엇을 보고 그러는지 알기 위해 다시 나무를 살폈다. 이윽고 그의 두 눈이 휘둥그레졌다.

"저걸 좀 봐!" 하고 그가 외치며 한 자작나무의 껍질이 벗겨진 자국을 가리켰다. 이윽고 그들은 그 지역 전체의 자작나무들이 마치 누군가 알아보는 것을 바라지 않는다는 듯이 충분한 간격을 두고 조심스럽게 껍질이 벗겨내진 것을 보았다.

"다른 부족이 그랬을 거예요." 젊은이 중 하나가 말했다.

"그들이 왜 껍질을 벗긴 자국을 감추려 애썼겠나?" 다구가 물었다. 젊은이는 대답할 말을 찾지 못해 어깨를 으쓱해 보였다.

다구는 그들에게 지시를 내렸다.

"돌아가기 전에 이 지역을 조사해봐야겠네."

젊은이들이 무어라 항의하려 했으나 안내자는 그들 각각에게 가야 할 방향을 가리켰다.

"뭔가 특이한 점을 발견하면, 즉각 이리로 돌아오게. 그러면 우리 함께 가서 그것을 살펴보기로 하세."

지치긴 했지만 그들은 수색을 시작했다. 비록 부루퉁한 표정으로 두 여인이 아직 살아 있다는 사실을 결코 믿지 않았지만.

그러는 동안 다구는 두 여인이 갔으리라고 여겨지는 방향으로 걷기 시작했다.

'만약 내가 나를 버리고 간 부족에게 다시 발견되기를 원하지 않는다면 이쪽 길로 갔을 거야.' 그는 속으로 중얼거렸다. '이쪽은 물가에서 가장 멀기 때문에 갔을 리가 없을 것 같지

만 겨울에는 강에 의존할 필요가 없어. 그러니 그들은 이쪽으로 갔을 거야.'

다구는 버드나무 숲속으로 들어가 키 큰 자작나무 아래를 오랫동안 걸었다. 눈 위를 터벅터벅 걸어가던 그는 피로를 느끼고 자신의 판단에 의문을 품었다. 자신들, 그러니까 부족의 무리조차 가까스로 겨울을 난 마당에 어떻게 그 늙은 두 여인이 살아남았기를 바란단 말인가? 특히 그 두 늙은 여인이 말이다. 그들이 한 일은 불평뿐이었잖은가. 어린아이들이 굶주릴 때조차도 그 두 여인은 불평과 비난을 멈추지 않았다. 다구는 여러 차례 누군가 그들을 조용히 시켜주기를 기대했지만 그런 일은 일어나지 않았다. 그러다가 급기야 사태가 통제를 벗어난 것이다. 다구는 자신들이 쓸데없는 수색을 하고 있다는 느낌이 들기 시작했다. 두 여인은 길을 잃고 죽은 것이 분명했다. 아마도 그들은 강을 건너려 하다가 빠져 죽었는지도 몰랐다.

다구는 이 모든 부정적인 생각이 하나하나 떠오를 때마다 점점 더 회의적이 되어갔다. 그런데 문득 무슨 냄새 같은 것이 났다. 수정처럼 맑은 겨울 대기 속에 한줄기 옅은 연기 냄새가 그의 코를 지나 사라졌다. 다구는 그 자리에 가만히 서서 다시 한번 그 냄새를 맡으려 애썼지만 냄새는 이미 사라진 후였다. 한순간 그는 그것이 자신의 상상이 아닐까 하고 생각했다. 근처에서 여름에 피웠던 모닥불 냄새가 대기 중에 떠도는 것일 수도 있었다. 하지만 그렇게 믿고 싶지는 않았으므로 노인은 천천히 길을 되짚어 걷기 시작했다. 이윽고 또다시 그 냄새를 맡을 수 있었다. 진하지는 않았지만 이번에는 그 냄새가 지난여름의 잔재가 아니라는 것을 알 수 있었다. 그랬다, 그 냄새는 지금 타오르고 있는 연기에서 나는 것이었다. 흥분한 그는 냄새가 짙어지는 곳을 찾아 우선 이 방향으로, 다음에는 저 방향으로 걸어보았다. 그 냄새가 근처의 모닥불에서 나온다는 것을 확신한 그는 온 얼굴에 주름을 지으며 활짝 웃었다—두 여인은 살아 있었던 것이다.

다구는 서둘러 젊은이들이 있는 곳으로 돌아왔다. 그들은 조금 전처럼 조바심을 내고 있었다. 그가 손짓을 하자 그들은 내키지 않는 듯했지만, 이윽고 마지못한 몸짓으로 꽤 오랜 시간 동안 다구를 따라 어둠 속을 걸었다. 마침내 안내자가 한 손을 들어올려 그들에게 멈추라는 신호를 보냈다. 코를 들어 올리고 그는 젊은이들에게 공기의 냄새를 맡아보라고 말했다. 사냥꾼들은 코를 킁킁거렸지만 아무 냄새도 맡지 못했다.

"도대체 무슨 냄새가 난다고 그러십니까?" 사냥꾼 중 하나가 물었다.

"잠자코 계속 맡아보게." 다구가 대답했다.

젊은이들은 계속해서 코를 킁킁거리며 냄새를 맡았다. 이윽고 한 젊은이가 소리쳤다.

"뭔가 타는 냄새가 나는군요!"

다른 젊은이들은 이제 좀더 흥미가 생긴 듯 주위를 돌아다니며 코를 킁킁거렸다. 이윽고 그들 역시 냄새를 맡았다. 젊은이들 중 하나가 여전히 회의적인 태도로 다구에게 도대체 뭘 발견하기를 바라느냐고 물었다.

"두고 보세." 그는 그렇게만 대답한 뒤 그들을 이끌고 연기가 나는 쪽을 향해 더 가까이 다가갔다.

안내자의 눈은 모닥불의 불빛을 찾아 어둠 속을 찬찬히 훑었다. 하지만 그의 눈에 보이는 것이라고는 자작나무와 버드나무의 윤곽뿐이었다. 머리 위에서 반짝이는 수많은 작은 별빛들의 도움으로 다구는 아무도 밟지 않은 눈밭을 볼 수 있었다. 모든 것이 고요하고 조용했다. 하지만 그 냄새는 근처에서 누군가 모닥불을 피우고 있다는 사실을 알려주는 확실한 증거였다. 피가 혈관을 빠르게 도는 것만큼이나 확실하게 이제 그 노인은 두 여인이 바로 그 순간 그 근처 가까운 곳에 살아 있다는 사실을 확신했다. 그는 흥분을 억누르지 못하고 젊은이들에게 몸을 돌려 말했다.

"그 두 늙은 여인은 이 근처에 있어."

젊은이들의 등줄기로 서늘한 기운이 지나갔다. 그들은 여전히 두 늙은 여인이 살아 있다는 사실을 믿을 수 없었다.

두 손을 입 주위에 대고 다구는 칠흑같이 까만 어둠을 향해 두 여인의 이름을 부른 다음 자신의 이름을 밝혔다. 그런 다음 그는 기다렸다. 하지만 돌아온 것은 침묵에 먹힌 그 자신의 목소리뿐이었다.

7장

정적은 깨어지고

칙디야크와 사는 잠자리에 들 준비를 마쳤다. 언제나처럼 매일의 할 일과 저녁식사를 마친 후 두 여인은 모닥불 가에 앉아 이야기를 했다. 그들은 그즈음 부족에 대해 좀더 많은 이야기를 했다. 외로움과 시간 덕택에 마음의 고통도 나아갔다. 지난해의 예기치 못한 배신에서 연유한 증오와 공포가, 그들이 자리에 앉아 그들 자신의 생각들에 귀를 기울이며 많은 밤들을 보냄에 따라 무뎌진 것 같았다. 이제 배부르게 음식을 먹은 두 여인은 안락한 텐트 안에서 자신들이 부족을 얼마나 그리워하고 있는지를 깨달았다. 화젯거리가 떨어지자 두 여인은 각자의 생각에 빠진 채 침묵을 지켰다.

갑자기 어둠 속에서 그들의 이름을 부르는 소리가 두 여인의 귀에 들려왔다. 모닥불을 사이에 두고 그들의 시선이 부딪쳤다. 금방 들려온 그 소리가 자신들의 상상이 아니라는 것을 그들은 알고 있었다. 사내의 목소리는 우렁찼고 자신이 누군지도 밝혔다. 두 여인은 그 나이든 안내자를 알고 있었다. 그는 믿어도 좋을 것 같았다. 하지만 다른 사람들은 누구일까? 먼저 입을 연 사람은 칙디야크였다.

"우리가 대답을 하지 않는다 해도 저들은 결국 우리를 찾아낼 거야."

사가 그녀의 말에 동의했다. "맞아, 저들은 우리를 찾아낼 거야."

수많은 생각이 몰려와 심장이 방망이질을 했다.

"어떻게 하지?" 칙디야크가 공포에 질려 얼굴을 일그러뜨리며 말했다.

사는 잠시 생각에 잠겼다. 이윽고 그녀가 입을 열었다.

"우리가 여기 있다는 걸 저들에게 알려줘야 해." 친구의 눈에 공포의 빛이 떠오르는 것을 본 사는 서둘러 부드럽고 믿음직한 어조로 이렇게 덧붙였다.

"우리는 씩씩하게 그들과 맞서야 해. 친구, 일어날 수 있는 모든 것에 각오를 하자." 그녀는 한순간 말을 끊었다가 덧붙였다. "죽음까지도 말이야."

이런 말에도 칙디야크는 여전히 불안해했다. 사가 보기에 그녀는 그 어느 때보다도 겁에 질려 있었다.

두 여인은 남아 있는 용기를 모으려 애쓰며 오랫동안 그 자리에 앉아 있었다. 그들은 더이상 도망칠 수 없다는 것을 알고 있었다. 마침내 사가 천천히 일어나 차가운 밤공기 속으로 나가 조금 쉰 듯한 목소리로 외쳤다.

"우리 여기 있소."

다구가 참을성 있게 그 자리에 서서 신경을 곤두세우고 있는 동안, 젊은 사냥꾼들은 의혹의 눈길로 그를 쏘아보았다. 그가 부르는 소리를 혹시 다른 사람이 듣는다면? 그게 혹시 적이라면? 젊은이들 중 하나가 입을 열어 무어라 항의하는 순간, 어둠 속에서 사의 대답이 들려왔다. 늙은 안내자는 온 얼굴에 주름을 잡으며 미소를 지었다. 그의 판단이 옳았다! 그들은 살아 있었다. 사냥꾼들은 즉각 소리 나는 방향으로 다가가기 시작했다. 차가운 공기 때문에 목소리가 들리는 곳이 가깝게 느껴졌을 뿐, 그들이 두 여인의 거처에 도착하기까지는 얼마간 시간이 걸렸다.

마침내 그들은 거처 밖에 피워놓은 모닥불을 발견하고 그곳으로 다가갔다. 모닥불 가에 두 여인이 길고 날카롭고 위협적인 창으로 무장한 채 서 있었다. 다구는 두 늙은 여인이 스

J. L. Grant

스로를 방어할 준비가 된 두 전사처럼 서 있는 모습을 보고 감탄의 미소를 짓지 않을 수 없었다.

"우리는 두 분을 해칠 생각이 없소이다." 그가 그들을 안심시켰다.

두 여인은 한순간 믿을 수 없다는 듯 그를 응시했다. 이윽고 사가 말했다.

"당신이 평화적으로 여기 왔다는 건 믿소. 하지만 왜 여기 온 거요?"

안내자는 상황을 어떻게 설명해야 할지 확신할 수 없어 가만히 서 있었다.

"족장이 두 분을 찾으라고 나를 이리로 보냈소이다. 족장은 두 분이 살아 있다고 믿고 있소이다."

"어째서?" 칙디야크가 의심스럽다는 듯이 물었다.

"나도 모르겠소이다." 다구는 그렇게만 대답했다.

물론 그는 자신이나 족장이 두 여인을 발견한다면 어떤 일이 벌어질지 생각해둔 것이 없다는 사실을 깨닫고 저으기 놀랐다. 왜냐하면 그 두 여인은 당연히 그나 다른 사람들의 말을 믿지 않을 터였기 때문이다.

"나는 돌아가 우리가 두 분을 발견했다는 것을 족장에게 보고해야 합니다." 그가 말했다.

두 여인은 그런 대답을 예상하고 있었다.

"그런 다음에는?" 사가 물었다.

안내자가 어깨를 으쓱해 보였다.

"나도 모르겠소이다. 하지만 족장은 어떤 일이 벌어지든 간에 두 분을 보호할 겁니다."

"지난번에 잘도 그랬던 것처럼 말이오?" 칙디야크가 날카롭게 비꼬았다.

다구는 마음만 먹는다면 자신과 세 사냥꾼들이 이 두 여인과 그들의 무기를 쉽사리 무력화시킬 수 있으리라는 것을 알고 있었다. 하지만 그는 두 여인이 그 무엇이라도 직면할 준비가 되어 있는 것을 보고 감탄의 감정이 점점 더 커지는 것을 느꼈다. 이들은 그가 전에 알던 그 여인들이 아니었다.

"내가 약속하겠소이다." 그가 나직하게 말했다.

두 여인은 그의 말이 진심이라는 것을 알 수 있었다. 그들은 오랫동안 꼼짝도 하지 않고 서 있었다.

사는 그 남자들이 얼마나 지치고 쇠약한 상태인지 눈치챘다. 그렇게 자부심에 차서 서 있는 안내자도 지치고 배고픈 기색이 역력했다.

"당신네들 피곤해 보이는군." 그녀가 딱하다는 어조로 말했다.

"안으로 들어오시오" 하고 그녀는 널찍하고 따뜻한 텐트 안으로 그들을 안내했다.

네 사내는 자신들이 그리 환영받지 못한다는 것을 알고 있었지만, 호기심에 차서 텐트 안으로 들어갔다. 두 여인이 그들에게 앉으라고 손짓했다. 사내들이 따뜻한 불가에 앉자, 사는 텐트 벽을 따라 마련된 자신의 잠자리 뒤로 가서 그 주위를 파고 물고기 주머니를 꺼내서는 각 사람에게 말린 물고기를 나눠주었다. 사내들은 물고기를 먹으며 텐트 안을 둘러보았다. 그들은 토끼털을 엮어 새로 만든 두 여인의 잠자리를 보았다. 두 여인의 상태는 부족민들보다 나아 보였다. 어떻게 그럴 수 있었을까? 사내들이 말린 고기를 다 먹고 나자, 사는 그들에게 뜨거운 토끼 수프를 주었고 그들은 그것을 고마워하며 마셨다.

그러는 동안 칙디야크는 옆에 앉아서 못마땅한 눈길로 사냥꾼들을 쏘아보고 있었다. 그들은 그 눈길이 불편했다. 그 사내들은 자신들 앞에 앉아 있는 그 두 여인이 놀랍게도 살아남았을 뿐 아니라 아주 건강한 상태라는 사실을 깨달았다. 무리에서 가장 강한 자들인 자신들도 반쯤 굶주려 상태가 엉망이었던 것과는 달리.

사 역시 음식을 먹는 사내들을 지켜보았다. 그녀는 그들이 음식을 허겁지겁 먹지 않으려 무진 애를 쓰고 있음을 알아차렸다. 밝은 데에서 보니 그들의 수척한 얼굴은 그들이 굶주리고 있었음을 말해주고 있었다. 칙디야크 또한 그것을 눈치챘지만, 배신의 상처가 낫지 않아 그 침입자들에게 연민을 느낄 수 없었다. 사내들이 먹는 것을 마치자, 다구는 뭔가 말해주기를 기대하는 눈빛으로 두 여인을 바라보았다.

한동안 아무도 침묵을 깨지 않았다. 마침내 다구가 말했다.

"족장은 두 분이 살아 있으리라고 믿고 우리를 보내 당신들을 찾으라고 한 겁니다."

칙디야크가 끙 하고 분노에 찬 외마디소리를 내질렀다. 사내들이 그녀에게 시선을 돌리자 그녀는 그들을 못마땅하다는 듯 쳐다보더니 시선을 돌려버렸다. 그녀는 그들이 자신들을 찾아내려 했다는 말을 믿을 수 없었다. 사는 부족의 상황이 좋지 않다는 것을 알 수 있었다. 사는 손을 뻗어 친구의 손을 위로하듯이 토닥인 다음 남자들에게 눈길을 돌리고 그저 간단하게 말했다.

"그렇소, 우리는 살아남았소."

칙디야크가 화를 내는 것을 보고도 다구의 입매에는 미소가 서렸다. 그가 보기에 사는 그렇게 심한 원한을 갖고 있는 것 같지 않았으므로 그는 사를 상대로 이야기를 하기로 했다.

"우리는 굶주리고 있고, 추위는 점점 더 심해지고 있소이다. 우리에게는 또다시 식량이 바닥났습니다. 두 분을 두고 떠났던 때와 똑같은 상황에 처해 있소이다. 두 분이 무사하다는 걸 알면 족장은 우리 무리 안으로 돌아와달라고 청할 겁니다. 족장과 부족 대부분은 지금 나와 같은 감정입니다. 우리는 두 분에게 한 짓에 대해 정말 죄송하게 생각합니다."

두 여인은 오랫동안 말없이 앉아 있었다. 마침내 사가 입을 열었다.

"그렇지만 우리가 당신네를 가장 필요로 할 때 당신네가 우리를 또다시 버리지 않는다고 어떻게 장담하겠소?"

다구는 잠시 침묵했다. 족장이 거기에 있어서 그 말에 대답할 수 있었다면 좋았을 거라고 생각하면서. 왜냐하면 족장은 그런 질문에 대답하는 데 좀더 경험이 많을 테니까.

"나로서는 그런 일이 다시 일어나지 않는다고 말할 수 없소이다. 어려운 시기가 닥치면 몇몇 사람들은 늑대보다 더 비열

해지고, 그 밖의 사람들은 겁에 질리고 약해지지요. 당신네가 내버려졌을 때 내가 그랬던 것처럼 말입니다." 다구의 이 마지막 말에 갑자기 격한 감정이 실렸지만 그는 목소리를 차분하게 유지하며 말을 이어나갔다.

"지금 당장으로서는 당신들에게 말할 수 있는 건 하나뿐입니다. 그런 일이 또다시 일어난다면, 내가 살아 있는 한 내 생명을 걸고 당신들을 보호하겠습니다."

그렇게 말하면서 다구는 자신이 지난겨울 잃어버린 내면의 힘을, 한때 아무 대책 없이 나약하다고 생각했던 이 두 여인 덕택에 되찾았다는 사실을 깨달았다. 왠지 몰라도 그는 이제 다시는 자기 자신을 늙고 약한 존재로 치부하지 않으리라. 다시는 그러지 않으리라!

젊은 사냥꾼들은 조용히 앉아 연장자들 간에 오가는 대화를 들었다. 이제 그들 중 하나가 젊은이다운 열정에 찬 어조로 말했다.

"나 역시 당신들을 보호하겠어요."

모두들 놀라서 그를 바라보았다. 그러자 그의 동료들도 두 여인을 보호하겠다고 맹세했다. 그들은 이 기적적인 생존을 목격하고 연장자들에 대한 존경심을 회복했던 것이다. 그 말에 두 여인은 마음이 따뜻해지는 것을 느꼈다. 하지만 여전히 의심이 사라지지 않았다. 이 사내들은 믿을 수 있다 해도 다른 사람들이 어떻게 나올지 어떻게 안단 말인가.

두 여인은 사내들로부터 몸을 돌리고 둘이서 낮은 어조로 의논했다.

"저들을 믿어도 될까?" 칙디야크가 물었다.

사는 한순간 침묵했다가는 고개를 끄덕이며 조그맣게 대답했다. "그래도 될 것 같아."

"하지만 다른 사람들은 어떨까? 그들이 우리의 저장소에 대해 알게 된다면? 그들이 우리가 갖고 있는 식량을 보면 빼앗고 싶어하지 않을까? 이 사람들이 얼마나 굶주렸는지 좀 봐. 작년에 이들은 우리를 버리고 갔어. 그런데도 넌 저들이 우리에게 오도록 길을 내주었고 말이야! 친구야, 난 저들이 우리 의사를 무시하고 우리의 식량을 빼앗아갈까봐 두려워." 칙디야크가 말했다.

사 역시 이미 그 문제에 대해 생각해보았지만 그녀는 두렵지 않았다. 그녀가 이렇게 말했다.

"저들이 고통받고 있다는 걸 잊어선 안 돼. 맞아, 저들은 성급하게 우리를 죽음으로 내몰았지. 하지만 이제 우리는 저들이 틀렸다는 걸 증명했어. 만약 저들이 같은 잘못을 저지른다 해도 이제는 우리 둘 다 우리가 살아남을 수 있다는 걸 알아. 우리는 우리 자신에게 많은 것을 증명했어. 이제 우리는 자존심은 잠시 내려놓고 저들이 고통받고 있다는 사실을 잘 생각해야 해. 성인들을 위해서 그러고 싶지 않다면 아이들을 위해서라도 말이야. 당신 사랑하는 손자를 잊을 수 있어?"

칙디야크는 언제나 그랬듯이 친구의 말이 옳다는 것을 깨달았다. 그랬다, 자신에게 이렇게 먹을 것이 많은데 손자가 굶어 죽게 내버려둘 만큼 자신은 이기적인 인간이 아니었다. 두 여인이 귓속말로 속삭이는 동안 사내들은 참을성 있게 기다렸다.

사는 대화를 이어나갔다. 왜냐하면 그녀는 칙디야크가 여전히 앞으로 일어날 일을 두려워하고 있다는 것, 미래를 직면하기 위해 확신을 필요로 한다는 것을 알고 있었다.

"저들은 우리가 우리 힘으로 살아남는 데 성공했다는 걸 몰라. 하지만 내일 날이 밝으면 알게 되겠지. 그러면 우리는 저들의 말이 진실인지 알 수 있을 거야. 하지만 이거 하나만은 잊지 마, 친구. 저들이 우리에게 같은 짓을 저지른다 해도 우리는 다시 살아남을 거야. 그리고 저들의 말이 사실이라면,

앞으로 더 어려운 시기가 닥칠 때 바로 우리가 저들에게 어떻게 해야 하는지를 알려주게 될 거야."

칙디야크는 동의의 뜻으로 고개를 끄덕였다. 부족민들을 다시 대하자 해묵은 공포가 되살아나 자신이 되찾은 힘에 대해 한순간 잊었던 것이다. 그녀는 애정에 찬 눈길로 친구를 바라보았다. 언제나 옳은 말만 하는군.

그날 밤 텐트 안에서 두 여인과 안내자는 여러 가지 이야기를 했고, 젊은이들은 그 옆에 앉아서 존경에 찬 침묵을 지켰다. 늙은 안내자는 부족이 두 여인을 내버리고 간 후 어떤 일이 일어났는지 모두 들려주었다. 그는 죽은 이들에 대해 말했다. 대부분 어린아이들이었다. 그 말을 듣자 두 늙은 여인의 눈에 눈물이 방울방울 맺혔다. 왜냐하면 그중에는 그들이 아끼던 이들이 포함되어 있었고, 죽은 아이들은 그들이 특히나 귀여워하던 이들이었던 것이다. 두 여인은 아이들이 어린 나이에 그렇게 가혹한 죽음을 맞이하기까지 얼마나 고통스러웠을까를 생각하며 마음이 찢어지는 것 같았다.

다구가 이야기를 끝내자, 사는 자신들이 어떻게 살아남았는지 그동안 있었던 일을 들려주었다. 사내들은 그곳에 앉아 그 이야기를 들으며 만감이 교차하는 것을 느꼈다. 그녀가 들려준 이야기는 믿기 어려웠지만, 그곳에 있는 두 여인의 존재가 그 말이 사실이라는 것을 증명하고 있었다. 사는 사내들의 얼굴에서 경외에 찬 표정이 떠오르는 것을 보았지만 우쭐하지도, 개의하지도 않았다. 그녀는 자신과 칙디야크가 함께 보낸 사연 많은 한 해를 돌아보며 차분히 말을 이었다. 그녀가 자신들의 저장소에 많은 식량이 비축되어 있다는 말로 이야기를 끝냈을 때, 방문자들의 눈빛이 초롱초롱해졌다.

"당신 목소리를 처음 들었을 때, 우리는 당신을 믿어도 된다는 것을 알았소. 당신네가 한밤중에 우리를 발견할 수 있었던 만큼 우리의 식량 저장소를 찾아내는 게 시간문제라는 것도 안다오. 바로 그래서 내가 지금 당신에게 이런 이야기를 하는 거요. 우리는 당신이 우리에게 아무 피해도 입히지 않을 거라는 건 알고 있소." 사가 다구에게 직접 말했다.

"하지만 부족의 다른 이들은 어떻소? 우리를 버리기도 했는데, 우리가 갖고 있는 것을 빼앗는 것쯤은 아무것도 아니지 않겠소? 식량으로 가득찬 우리의 저장소가 필요 없어지면 그들은 또다시 우리를 약하고 늙은 노인으로 치부할 거요. 나는 지금 그들이 우리에게 저지른 짓 때문에 그들을 비난하고 있는 게 아니오. 나와 내 친구는 배고픔이 인간을 어떻게 만들 수 있는지 안다오. 하지만 우리가 지금 가진 건 우리가 열심히 일해서 얻은 거요. 우리 둘이 겨울 동안 먹기에는 너무 많은 줄 알면서도 우리는 식량을 비축했소. 어쩌면 이런 일이 일어날 걸 예상했는지도 모르겠소."

사는 잠시 말을 끊고 주의 깊게 단어를 골랐다. 이윽고 그녀가 덧붙였다.

"우리는 우리의 식량을 부족과 공유하겠소. 하지만 그들은 탐욕을 부리거나 우리의 식량을 빼앗아가려고 해서는 곤란하오. 왜냐하면 우리는 우리가 가진 걸 지키기 위해 목숨을 걸고 싸울 테니까."

사내들은 사가 강하고 열정적인 어조로 이야기하는 말을 조용히 들으며 앉아 있었다. 이윽고 그녀가 조건을 내걸었다.

"당신네는 기존의 야영지를 쓰시오. 우리는 아무도 만나고 싶지 않소. 당신과," 사는 다구를 가리키며 말했다. "족장 외에는 말이오. 당신에게 식량을 주겠소. 앞으로 더 어려운 시기가 오리라는 것을 잊지 말고 식량을 아끼시오. 이게 우리가 당신네를 위해 할 수 있는 최선이오."

안내자는 알겠다는 뜻으로 고개를 끄덕이고 차분한 어조로 말했다. "내가 돌아가 이 전갈을 족장에게 전하리다."

해야 할 이야기를 모두 마친 다음 두 여인은 사내들에게 거처 한쪽에 잠자리를 마련해주었다. 아주 오랜만에 처음으로 두 여인은 완전한 휴식을 취할 수 있었다. 지난 여러 달 동안 그들은 많은 것을 두려워하며 지내왔다. 이제 늑대들과 다른 포식자들이 공격해올지도 모른다는 환상은 아득히 사라지고 두 여인은 편안히 잠들 수 있었다.

그들은 더이상 외롭지 않았다.

8장

새로운 시작

다음날 사내들이 떠나기 전 두 여인은 부족 전체가 이동하는 동안 먹을 수 있을 만큼 많은 양의 물고기 꾸러미를 꾸렸다.

한편 족장은 초조하게 그 사냥꾼들을 기다리고 있었다. 그는 자신이 보낸 사내들에게 나쁜 일이 일어난 것이 아닐까 걱정스러운 한편, 그 한줄기 희망을 줄곧 포기하지 않았다. 사내들이 돌아오자 족장은 그들의 이야기를 듣기 위해 얼른 부족 회의를 소집했다. 안내자는 깜짝 놀란 빛을 감추지 못하는 사람들에게 그들이 발견한 것을 이야기했다. 자신의 이야기를 끝낸 다음 그는 그 두 여인이 그들을 믿지 못한다고, 그들을 만나고 싶어하지 않는다고 덧붙였다. 다구는 두 여인이 정한 조건을 그들에게 말해주었다. 잠시 침묵이 흐른 후 족장이 말했다.

"우리는 두 여인의 바람을 존중할 걸세. 이 말에 동의하지 않는 자는 누구든 나와 싸워야 할 걸세."

다구가 재빨리 그의 편에 섰다.

"젊은 친구들과 저는 당신 편에 서겠습니다."

두 여인을 버리고 가자고 제안했던 부족 회의 구성원들은 깊은 수치심을 느꼈다. 마침내 그들 중 하나가 말했다.

"그들을 버리고 가자고 한 우리의 결정은 잘못된 것이었소. 그 두 여인이 그것이 잘못이었다는 걸 증명했소. 이제 우리는 그들에게 존경심을 표하는 것으로 보답하겠소."

족장이 이 소식을 모두에게 발표하고 난 후 부족 전체는 두 여인이 제시한 규칙에 따르기로 동의했다. 영양가 많은 말린 물고기로 기력을 보충하고 나서 부족은 짐을 꾸리기 시작했다. 그들은 한시라도 빨리 두 여인을 보고 싶었던 것이다. 이 어려운 시기 동안 두 여인이 살아남았다는 소식은 무리 전체를 희망과 경외의 감정으로 채웠다. 칙디야크의 딸 오즈히 넬리는 그 소식을 듣고 눈물을 흘렸다. 그녀는 자신의 어머니가 죽었으리라고 여겼던 것이다. 하지만 감격에 찬 안도감에도 불구하고 그녀는 어머니가 자신을 용서하지 않으리라는 것을 알고 있었다. 슈러 주는 그 소식을 들었을 때 너무나도 기뻤다. 소년은 즉각 자기 물건을 챙겨 떠날 채비를 했다.

그 무리가 자작나무 껍질이 벗겨진 야영지에 이르기까지는 한참이 걸렸다. 족장과 다구가 먼저 두 여인을 만나러 갔다. 두 여인의 야영지에 도착하자, 족장은 그들을 얼싸안고 싶은 욕망을 억제했다. 두 여인이 불신의 눈길로 그를 쏘아보았으므로 그들 모두는 포옹 같은 것은 하지 않고 이야기를 하기 위해 자리에 앉았다. 두 여인은 족장에게 자신들이 부족에게 원하는 바를 알렸다. 족장은 그들의 바람대로 될 것이라고 대답했다.

"우리는 부족이 먹을 충분한 식량을 당신에게 주겠소. 그리고 식량이 떨어지면 더 주겠소. 다만 한 번에 조금씩 줄 거요." 사가 족장에게 말했다. 족장은 거의 감격한 듯 고개를 끄덕였다.

무리가 새 야영지에 도착해 짐을 풀고 거처를 마련하는 데에는 다시 하루가 더 걸렸다. 족장과 그의 부하들이 말린 물고기 꾸러미와 토끼털로 만든 옷가지들을 갖고 그들과 합류했다. 늙은 여인들이 엄청난 양의 토끼털 장신구들을 비축해 둔 것을 본 다구가 용기를 내어 그들에게 무리가 헐벗고 있음을 넌지시 알렸던 것이다. 두 여인은 자신들이 한가한 시간에 만들어놓은 많은 양의 장갑, 머리 가리개, 담요, 조끼들이 자신들만 쓰기에는 너무 많다는 것을 알고 있었으므로, 그것을 필요로 하는 이들과 나눠 쓰는 것이 당연하다고 생각했다. 새 야영지에 자리잡은 부족은 그들의 주린 뱃속에서 음식을 달라는 아우성이 잦아들자 두 여인에 대해 점점 더 큰 궁금증을 갖게 되었다.

혹독한 추위가 다가와 오랫동안 떠나지 않았다. 부족은 두 늙은 여인이 나눠준 음식을 주의 깊게 분배했다. 이어 사냥꾼들이 수마일 떨어진 곳에서 엄청난 크기의 큰사슴 한 마리를 잡아 그것을 야영지로 끌고 와서 모두 그 행운을 누렸다.

그동안 족장과 안내자는 한 사람씩 번갈아 매일 두 여인을 방문해왔다. 두 여인 역시 부족에 대해 궁금해하는 것이 분명했다. 족장은 다른 사람들 역시 그들을 방문하게 해달라고 두 여인에게 청했다. 칙디야크는 자존심 때문에 즉각 싫다고 대답했다. 하지만 후에 두 여인은 이 문제에 대해 둘이서만 따로 의논해보고 그들이 다른 방문자들을 맞을 준비가 되었다고 결론지었다. 이런 결정은 특히 칙디야크를 위한 것이었다. 그녀는 사실 가족이 너무나도 그리웠던 것이다. 다음날 족장이 도착하자 두 여인은 그에게 그들의 결정을 알렸다. 얼마 지나지 않아 사람들이 그들을 방문하기 시작했다. 처음에 그들은 소극적이고 불안해 보였다. 하지만 몇 차례 방문이 이어지자 그들은 훨씬 편안하게 이야기를 하게 되었고, 곧 이어 텐트 밖으로 웃음소리와 가벼운 잡담 소리가 새어나왔다. 방문객들은 올 때마다 두 여인에게 큰사슴 고기나 동물의 털을 선물로 가져왔고, 두 여인은 그 선물을 기꺼이 받았다.

부족과 두 여인 간의 관계는 점점 더 좋아졌다. 양쪽 모두 고난을 통해 교훈을 얻었고, 그때까지 알지 못했던 사실을 깨달았다. 부족은 자신들이 강하다고 생각했지만 사실 그들은 나약했다. 그리고 무리 가운데 가장 대책 없고 쓸모없다고 여겨졌던 두 늙은 여인이 실제로는 강한 존재라는 사실이 증명된 것이다. 이제 그들 간에는 암묵적인 이해가 자리잡았다. 부족은 그들이 충고를 구하고 새로운 것들을 배우기 위해 두 여인과의 교류가 필요하다는 사실을 깨달았다. 두 여인이 그렇게 오래 살아온 덕택에 자신들이 예상하는 것보다 훨씬 많은 지식을 갖고 있다는 것을 이제 그들은 알았다.

두 여인의 텐트에는 매일 방문객들이 드나들었다. 그들이 떠난 지 한참 후까지도 칙디야크는 서서 그들의 뒷모습을 바라보곤 했다. 사는 그런 친구에게 연민을 느꼈다. 칙디야크가 그렇게 보고 싶어하는 딸과 손자가 오지 않고 있었던 것이다. 칙디야크는 자신의 딸과 손자에게 혹시 무슨 나쁜 일이 일어난 것이 아닌지, 그런데도 부족이 자신에게 그 사실을 알리지 못하는 것이 아닌지 남모르게 두려워하고 있었지만, 겁이 나서 차마 묻지 못했다.

어느 날, 칙디야크가 땔감을 모으고 있는데, 그녀 뒤에서 아이의 목소리가 들려왔다.

"제 손도끼를 찾으러 왔어요."

칙디야크는 천천히 몸을 일으킨 다음 몸을 돌렸다. 들고 있던 땔감이 그녀의 손에서 땅으로 떨어졌다. 그들은 눈앞에 펼쳐지고 있는 일이 믿어지지 않는다는 듯이 서로를 응시했다. 얼굴이 눈물로 범벅이 된 채 칙디아크와 그녀의 손자는 행복감 속에서 서로를 바라보았다. 그 순간 말은 필요 없는 듯했다. 더이상 망설이지 않고 칙디야크는 두 팔을 뻗어 자신이 사랑하는 소년을 얼싸안았다.

사는 미소를 지으며 이 행복한 재회를 바라보았다. 소년이 눈길을 들어 사를 보고는 그녀에게 다가와 그녀를 가볍게 안았다. 사는 이 총명한 소년을 향한 자부심과 사랑이 가슴속에서 솟구치는 것을 느꼈다.

칙디야크는 여전히 자신의 딸이 어떻게 지내는지 궁금했다. 그런 일이 있었음에도 칙디야크는 자기의 친딸을 보고 싶

J. L. Grant

었다. 그녀를 줄곧 지켜본 사는 바로 그 때문에 친구가 줄곧 슬퍼 보인다는 것을 알고 있었다. 그들에게 줄곧 행운이 함께 했음에도. 어느 날 슈러 주가 다녀간 다음 사는 친구에게 다가가 그녀의 손을 쥐었다.

"그애가 올 거야." 사는 그저 그렇게만 말했고, 칙디야크는 그 말을 믿지 못하면서도 고개를 끄덕였다.

겨울이 거의 끝나가고 있었다. 두 야영지 사이의 길이 사람들의 발길로 다져졌다. 부족은 두 여인과 충분한 시간을 보내고 싶어 안달을 했다. 특히 아이들이 그랬다. 그들이 텐트 안에서 웃고 놀면서 많은 시간을 보내는 동안 두 늙은 여인은 텐트 옆에 앉아 그 모습을 지켜보았다. 그들은 더이상 자신들의 매일을 당연한 것으로 여기지 않았다.

어린 손자는 매일 찾아왔다. 그는 예전처럼 할머니가 매일 할 일을 하는 것을 돕고 그들의 이야기를 귀담아들었다. 어느 날 더 늙은 여인은 더이상 참지 못하고 마침내 용기를 내어 물었다.

"네 어머니는 어디 있니? 그 애는 왜 여기 오지 않니?"

어린 소년은 솔직하게 대답했다.

"어머니는 수치스러워하고 있어요, 할머니. 할머니께 등을 돌린 날 이후 어머니는 할머니가 어머니를 미워한다고 생각해요. 할머니와 헤어진 후 어머니는 매일 울었어요." 소년이 칙디야크를 얼싸안으며 말했다. "난 어머니가 걱정스러워요. 왜냐하면 슬픔 때문에 몹시 늙었거든요."

칙디야크는 조용히 그 이야기를 들었다. 딸에 대한 서운함이 눈 녹듯이 사라졌다. 그랬다, 그녀는 그동안 몹시 화가 나 있었다. 어떤 어머니가 그렇지 않겠는가? 그 모든 세월 동안 그녀는 강한 사람이 되라고 딸을 교육시켰는데, 그 훈련이 수포로 돌아간 것을 확인했던 것이다. 하지만 칙디야크는 속으로 생각했다. 그애는 비난받을 만한 짓을 한 게 전혀 없어. 모두들 그 결정에 동의했으므로 자신의 딸은 두려움에서 그에 맞설 수 없었던 것이다. 딸은 아이와 어머니의 목숨이 위태로워질까봐 겁에 질렸던 것뿐이었다. 칙디야크는 또한 자신의 딸이 자신과 사에게 용기 있게 가죽끈 더미를 남겨주었다는 것을 인정했다. 죽음이 코앞에 다가왔다고 여겨지는 늙은이들에게 그렇게 귀중한 것을 주고 가는 것을 다른 사람들이 보았다면 터무니없는 낭비로 여겼을 터였다.

그랬다, 그녀는 딸을 용서할 수 있었다. 나아가 딸에게 고마운 마음까지 들었다. 왜냐하면 그 가죽끈이 없었다면 그들은 살아남지 못했으리라. 칙디야크는 자신의 손자가 대답을 기다리고 있다는 것을 깨닫고 혼자만의 생각에서 빠져나왔다. 그녀는 손자의 양어깨를 얼싸안고 부드럽게 토닥이면서 말했다.

"네 어머니에게 가서 내가 그애를 미워하지 않는다고 전하려무나, 애야."

소년의 얼굴에 안도의 표정이 떠올랐다. 왜냐하면 그는 여러 달 동안 어머니와 할머니 걱정을 했던 것이다. 이제 모든 것이 거의 옛날과 다름없게 되었다. 더이상 아무 말도 하지 않고 소년은 할머니를 격하게 끌어안은 다음 튕겨지듯 텐트 밖으로 나가 집을 향해 달리기 시작했다.

그는 숨을 헐떡이며 야영지에 도착했다. 어머니에게 달려간 소년은 숨을 헐떡이느라 제대로 말을 잇지 못했다.

"어머니! 할머니가 어머니를 보고 싶대요! 할머니는 어머니에게 나쁜 감정이 없다고 하셨어요!"

오즈히 넬리는 깜짝 놀라 정신을 차릴 수 없었다. 예상치 못한 일이었다. 한순간 두 다리에 힘이 풀려 그녀는 자리에 앉아야 했다. 그녀의 온몸이 떨리고 있었다. 그녀는 다시 한 번 아들을 바라보았다.

"그게 사실이니?" 그녀가 물었다.

"예." 슈러 주가 대답했다. 오즈히는 아들의 말이 사실이라는 것을 알 수 있었다.

그럼에도 여전히 죄책감을 떨쳐낼 수 없었으므로 그녀는 어머니를 만나러 가는 것을 주저했다. 하지만 아들의 부드럽지만 끈질긴 설득에 오즈히 넬리는 용기를 내어 아들을 데리고 어머니의 텐트로 가는 가깝고도 먼 길을 나섰다. 그들이 도착했을 때 두 늙은 여인은 텐트 밖에 서서 이야기를 하고 있었다. 사가 먼저 그들을 알아보았고, 이어 칙디야크가 사가 왜 하던 말을 갑자기 멈추었는지를 알기 위해 몸을 돌렸다. 딸을 보았을 때 그녀는 무어라 말을 하려고 입을 벌렸지만 아무 말도 할 수 없었다. 그 대신 어머니와 딸은 말없이 서로를 응시했다. 이윽고 칙디야크가 울고 있는 딸에게 다가가 그녀를 꼭 껴안았다. 그 포옹으로 그들 사이의 있던 모든 감정이 사그라지는 것 같았다.

사는 슈러 주를 얼싸안고 그 옆에 서서 어머니와 딸이 영영 잃어버렸다고 믿었던 사랑을 되찾는 장면을 눈물 맺힌 눈으로 지켜보았다. 이윽고 칙디야크가 몸을 돌려 텐트 안으로 들어가 작은 꾸러미 하나를 가지고 나오더니 그것을 딸의 손에 꼭 쥐어주었다. 오즈히 넬리는 손안에 쥐어진 가죽끈을 보았다. 그녀가 무슨 영문인지 어리둥절해하자, 칙디야크는 몸을 앞으로 기울여 딸의 귀에 대고 무엇인가 속삭였다. 오즈히 넬리는 한순간 깜짝 놀라는 듯했다가 이윽고 그녀 역시 미소를 지었다. 어머니와 딸은 또다시 서로의 품으로 뛰어들어 서로를 꼭 껴안았다.

두 여인과 나머지 부족이 모두 재회한 후 족장은 두 여인을 무리 내에서 명예로운 자리에 임명했다. 처음에 사람들은 자신들의 힘이 닿는 대로 어떤 식으로든 이 늙은 여인들

을 도우려고 했지만, 두 여인은 지나친 도움을 허락하지 않았다. 왜냐하면 그들은 새로 발견한 독립성을 즐기고 있었던 것이다. 그래서 부족은 그들의 말을 따르는 것으로 두 여인에게 존경을 표했다.

아직 힘든 시기가 더 남아 있었다. 차가운 북극 지방에서는 다른 방법이 없었던 것이다. 하지만 부족은 자신들의 약속을 지켰다. 그들은 아무리 힘든 상황에서도 더이상 노인을 버리지 않았다. 그들은 두 여인이 가르쳐준 교훈을 잊지 않고, 두 사람을 사랑하고 배려했다. 두 사람이 각각 행복하게 삶을 마칠 때까지.

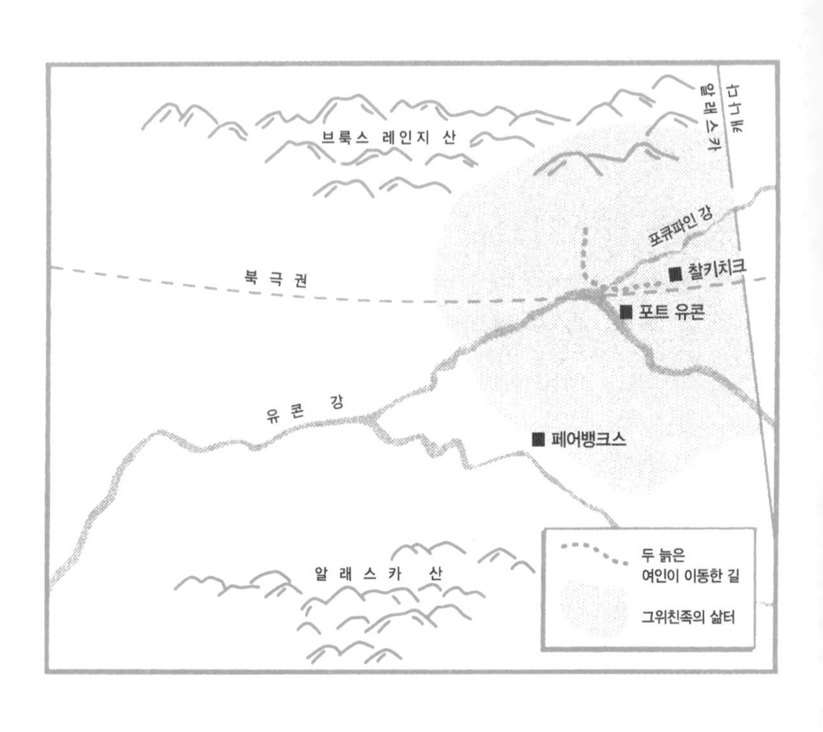
브룩스 레인지 산
알래스카
캐나다
포큐파인 강
찰키치크
북극권
포트 유콘
유콘 강
페어뱅크스
알래스카 산
두 늙은
여인이 이동한 길
그위친족의 삶터

그위친 부족에 대하여

이 책에서 벨마 월리스는 그위친족에 대해 쓰고 있는데, 그위친족은 알래스카에 살고 있는 아타바스칸 주요 무리 열한 종족 중 하나로, 현재 포트 유콘과 찰키치크 지역을 돌아다니며 살고 있다. 이들의 삶의 무대는 유콘 강, 포큐파인 강, 타나나 강 서쪽의 내륙이다. 알래스카 아타바스칸 원주민들은 각 종족별로 고유한 방언을 갖고 있지만, 대개 다른 부족의 언어를 이해할 수 있을 뿐 아니라 나바호나 아파치 같은 아메리칸 원주민의 언어와 어원이 동일하기 때문에 그들의 언어 또한 이해할 수 있다.

아타바스칸들은 알래스카 내륙 지역 전체에 걸쳐 분포되어 살고 있는데, 대부분은 브룩스 레인지 산과 알래스카 레인지 산 사이에 거주한다. 강에 의지해 사는 무리들은 해마다 이동하는 연어를 식량으로 삼는 반면, 그위친족처럼 내륙에서 사는 이들은 물고기도 먹지만 큰사슴이나 순록, 그리고 토끼나 다람쥐 고기가 식량의 큰 비중을 차지한다.

역사적으로 알래스카 아타바스칸 무리들에게는 대대로 내려오는 영역이 있었다. 각 무리의 사냥꾼들은 자신들의 영역에 정통해 있었는데, 그 이유 중 하나는 다른 무리의 영역을 침범하는 것이 위험한 일로 간주되었기 때문이었다. 각 무리의 영역에는 그들만의 사냥터와 낚시터가 포함되어 있었다. 다른 무리의 영역을 침범하는 일은 거의 일어나지 않았는데, 혹시 그런 일이 생길 때에는 대개 싸움이 벌어지곤 했다.

아타바스칸들이 이동이라는 삶의 방식을 택한 것은 먹고 살 식량을 구하기 위해서였다. 가만히 앉아서 먹거리가 다가오기를 기다리기만 해서는 그들은 살아남을 수 없었다. 그랬다가는 이내 배고픔과 기아가 벼락처럼 닥칠 터였다. 그래서 그들은 줄곧 이동하면서 계절에 따라 사냥이나 물고기 잡이에 적당한 곳에서 야영을 했다.

극지방에서는 먹고 살기에 충분한 식량을 확보하기가 어려운 일이었으므로 아타바스칸들은 때때로 기근에 직면했다. 하루하루가 생존에 위협을 받을 정도는 아니었지만, 기근은 그들의 삶에서 언제라도 닥칠 수 있는 드물지 않은 고난이었다. 그들은 열심히 일했다. 북극권의 숲은 먹거리를 장만하기에 만만한 곳이 아니었다. 그들의 삶은 힘겨운 노동과 의무로 유지되었고, 만약 그것이 제대로 이루어지지 않는다면 곧장 재난으로 연결될 터였다.

1900년경 아타바스칸들은 이동생활을 그만두고 보다 영구적인 야영지나 마을에서 정착 생활을 시작했다. 정착의 요인으로는 질병에 의해 인구가 감소된 점, 모피의 생산과 거래에 개입하게 된 점, 나중에는 아이들을 학교에 보내게 된 점 등을 들 수 있다. 많은 사람들이 임금을 받고 일을 하고 시장 경제에 활발히 참여하는 오늘날에도 대부분의 아타바스칸들은 여전히 어려운 생활을 벗어나지 못하고 있다.

감사의 말

대부분의 예술가들은 일련의 고마운 이들이 없었다면, 자신이 그런 성공을 하는 건 불가능했을 것이라고 말한다. 나 역시 이 이야기와 관련해 감사하고 싶은 사람들이 많고도 다양하다. 이 자리를 빌어 감사를 표한다.

제일 먼저 내 어머니 메이 윌리스에게 감사한다. 어머니가 안 계셨더라면, 나는 작가가 되겠다는 꿈을 펼치지 못했을 것이고, 이 책은 나오지 못했을 것이다. 그 많은 밤들 우리에게 수많은 이야기를 들려주셨던 것에 대해 깊이 감사한다.

그리고 이 모든 세월 동안 이 이야기를 믿어준 데 대해, 내 무의식 속으로 가라앉을 뻔한 이 이야기를 되살려준 데 대해 배리 윌리스, 마티 앤 윌리스, 패트리시아 스탠리, 캐롤 홋지에게 감사한다.

알래스카 베네티 출신의 주디 에릭은 그위친어 번역 작업을 융통성 있게 도와주었고, 아네티 세이멘스는 그의 컴퓨터를 사용할 수 있게 해주었다.

또한 변함없는 지지와 너그러움을 보여준 데 대해 마릴린 새비지에게 감사한다. 이 책의 발행인 켄트 스터지스와 라엘 모건에게 우리 모두와 같은 비전을 공유해준 것에 감사한다. 버지니아 심스는 내용의 손상 없이 이 책을 편집해주었고, 제임스 그랜트는 탁월한 그림으로 등장인물들에게 생명을 불어넣어주었다.

마지막으로 이 작은 이야기를 책으로 만드는 데 한몫을 해준 마시 추에게 감사한다.

헌사

지혜와 지식과 개성으로 내게 큰 감명을 준, 내가 알아온 모든 연장자들께 이 책을 바친다.

매 P. 윌리스, 메리 하디, 도러시 얼스, 세라 코트쇼크, 이다 네이하트, 퍼트리샤 피터스, 에디슨 피터스, 헬렌 리드, 모지스 피터, 마사 윌리스, 루이즈 폴, 민니 새먼, 릴리 허버트, 데이비드와 세라 새먼, 샘슨과 민니 피터, 허버트와 루이즈 피터, 스탠리와 로잘리 조지프, 마거릿 존, 폴과 마거릿 윌리엄스, 리아 로버츠, 내털리 에릭, 대니얼 호러스, 타이터스 피터, 솔로몬과 마사 플릿, 도리스 워드, 에이머스 켈리, 마거릿 켈리, 매기 비치, 세라 알렉산더, 피터와 니나 (칙디야크) 조지프, 폴과 애그니스 제임스, 머라이어 콜린스, 데이비드 콜린스, 메리 톰프슨, 소피 윌리엄스, 일라이자 존, 제미마 필즈, 아이크 필즈 시니어, 조와 마거릿 캐럴, 마이라 프랜시스, 블

랑쉬 스트롬, 아서와 애니 제임스, 엘리엇과 루시 존슨, 엘리엇과 버지니아 존슨 2세,

해리와 제시 캐럴, 마거릿 캐드조우, 헨리와 제니 윌리엄스, 아이작과 세라 존, 샬럿 다우잇, 루스 마틴, 랜들 바알람, 해럴드와 에스터 피터슨, 블라디메르와 니나 피터슨, 애디 슈펠트, 스탠리와 매들린 조너스, 조너선과 해나 솔로몬, 에서와 딜리아 윌리엄스, 마지 잉글리슈, 제시 루크, 줄리아 피터, 제이콥 플릿, 대니얼과 니나 플릿, 클라라 군트룸, 제시 윌리엄스, 세라 W. 존, 메리 심플, 엘런 헨리, 사일러스 존, 댄 프랭크, 매기 로버츠, 니나 로버츠, 에이브러햄과 애니 크리스천, 폴과 줄리아 트릿, 애그니스 피터, 찰리 피터, 닐과 세라 헨리, 마도우 솔로몬, 루스 피터슨, 필립과 애비 피터,

아치와 루이즈 준바이, 해리와 베시 데이비드, 마거릿 로버츠, 존 스티븐스, 스티븐과 세라 헨리, 에이블 트릿, 모지스와 제니 샘, 메리 존, 마사 제임스, 프레드와 샬럿 토머스, 리처드와 에바 캐럴, 엘시 핏카, 리처드와 헬렌 마틴, 폴 가브리얼, 그래프턴 가브리얼, 바버라 솔로몬, 세바스찬 맥긴티, 사이먼과 벨라 프랜시스, 메리 제인 알렉산더, 엉클 리 헨리.

옮긴이의 말

내 안에는 내가 생각하는 것보다 훨씬 놀라운 것들이 있다, 오래될수록!

끝없이 펼쳐진 알래스카의 설원, 겨울 찬 바람 속에 두 늙은 여자가 앉아 있다. 사람들이 떠나고 난 자리, 주린 배, 떨어진 식량, 잦아드는 모닥불—그것이 그들의 현재, 그들이 가진 모든 것이다, 마비된 듯 먹먹한 가슴속에서 치밀어오르는 둔중한 분노를 제외하고는.

눈물이 흘러내리자 뺨이 얼어붙는다. 푸른 추위 속에 어둠이 내린다. 길고 캄캄한 밤을 지나 그들이 혹시 아침을 맞는다 해도 그 겨울의 북극 땅에는 햇빛 한줄기 비치지 않을 것이다.

이 책에서 벨마 월리스는 말한다, 삶에서 자신이 진정으로 해야 할 바를 성취하는 데에는 사회에서 평가하는 능력이나 나이가 중요한 것이 아니라고. 능력은 어떤지 모르겠지만 나이가 왜 안 중요하겠는가. 마흔 개의 여름이 어떻게 여든 개의 여름을 이기겠는가. 마흔 살에게 마흔한번째 봄은 미지의 시간이지만 여든 살에게는 무엇으로도 쓸 수 있는 단단한 기억인 것을. 자작나무를 네 조각으로 갈라 가죽끈과 연결해 생애 최고의 눈신발을 만들었던 게 마흔여덟째 가을이었다면? 눈을 깜빡이지 않고 지긋하게 상대의 눈을 쏘아볼 줄 알게 된 것이 쉰두번째 겨울이었다면? 연어 껍질로 말린 물고기를 담을 주머니를 만드는 데 성공한 것이 일흔번째 늦여름이었다면? 적막하고 고요한 대지를 마주하고 홀로 서서 우주 속의 나를 바라볼 거리를 여든한번째 봄에 갖게 되었다면?

시간이란 길이의 문제가 아니라 깊이의 문제이고, 그림을 그림이게 하는 것 역시 원근이 아니라 깊이(메를로 퐁티)라는 것을 칙디야크와 사가 그들이 본 여든한 개의 여름과 일흔여섯 개의 가을로 확인해준다.

몇 번째인지 모르지만 깊이를 더해가는 그대의 봄 앞에 이 이야기를 드린다. 그대의 눈신발, 그대의 바라봄, 그대의 연어 껍질 주머니, 아직 오지 않은 그대 삶의 절정을 위해!

김남주

J.L. Grand.

두 늙은 여자
Two Old Women

초판 1쇄 발행 2018년 4월 25일
초판 5쇄 발행 2023년 10월 25일

지은이 벨마 월리스 | 그린이 짐 그랜트 | 옮긴이 김남주
편집 고미영 | 표지 디자인 위앤드 | 본문 디자인 최정윤
마케팅 정민호 서지화 한민아 이민경 안남영 왕지경 황승현 김혜원 김하연
브랜딩 함유지 함근아 고보미 박민재 김희숙 정승민 배진성
제작 강신은 김동욱 이순호
제작처 한영문화사(인쇄) 경일제책사(제본)

펴낸곳 (주)이봄 | 펴낸이 김소영
출판등록 2014년 7월 6일 제406-2014-000064호
주소 10881 경기도 파주시 회동길 210
전자우편 yibom@munhak.com
대표전화 031) 955-8888 | 팩스 031) 955-8855
문의전화 031) 955-3579(마케팅) 031) 955-1925(편집)

ISBN 979-11-88451-20-3 03890

이봄은 (주)문학동네의 계열사입니다.

잘못된 책은 구입하신 서점에서 교환해드립니다.
기타 교환 문의 031) 955-2661 | 031) 955-3580

www.munhak.com